KB049515

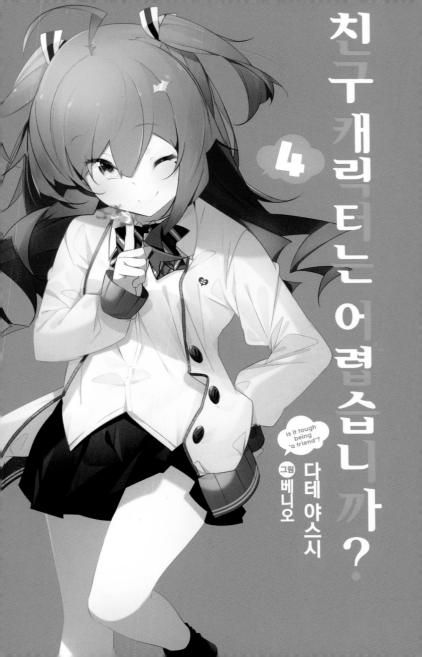

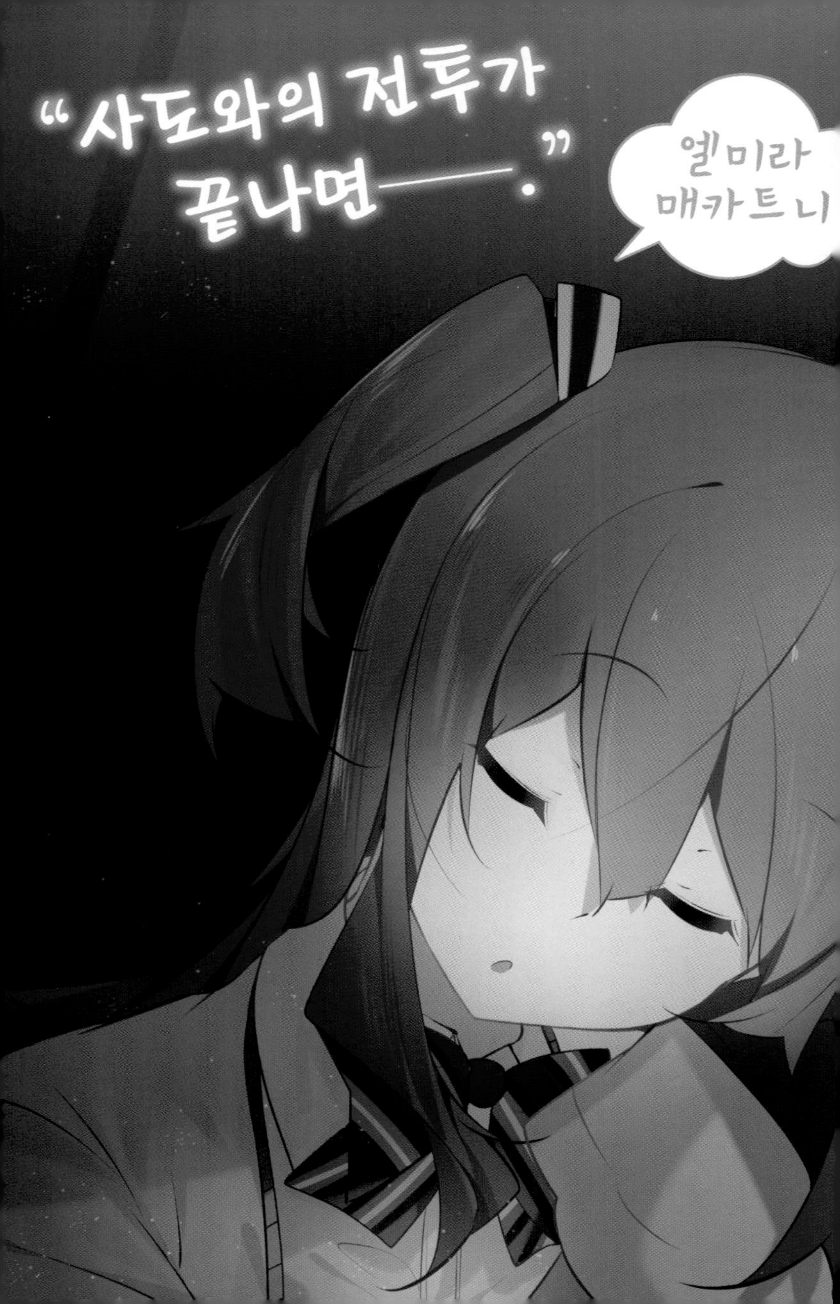
"사도와의 전투가 끝나면──."
엘미라 매카트니

CONTENTS

Is it tough being "a friend"?

다테 야스시 지음
YASUSHI DATE

Is it tough being "a friend"?

친구 캐릭터는 어렵습니까? **4**

프롤로그

히노모리 류가를 주인공으로 한 '이능 배틀 스토리'는 드디어 반환점인 제3부를 맞이하였다.

인간계를 위협하는 이형의 군단 '나락의 사도'—— 총세 육천에 이르는 그들의 정점에 군림하는 사흉도 이제 둘만이 남았다

제1부에서 류가의 여동생·히노모리 쿄카를 그릇으로 부활한【마신】혼돈을.

제2부에서 류가의 친구·코바야시 이치로를 그릇으로 부활하나【마신】도철을.

격투 끝에 훌륭하게 무찌른 류가 일행의 이어지는 적은 【마신】궁기. 아직 누가 그릇인지도 알려지지 않은 수수께끼 베일에 싸인 상대다.

여름방학은 끝났지만 히노모리 류가의 전투는 끝나지 않았다. 수호신인【황룡】의 힘으로 오늘도 역시 인류를 지키고 있다.

힘내라, 류가. 지지 마라, 류가. 세계에 평화가 찾아오는 날까지.

동료인 미소녀들과 알콩달콩 지내면서 뜨거운 전투를 펼치고 있다. 사실은 너 자신도 미소녀지만. 이미 동료 절반에게 들켜 버렸지만.

그런 너를, 나—— 코바야시 이치로는 친구 캐릭터로서 지지하겠다.

　주로 일상 파트에서 유쾌하고도 즐겁게 이야기에 흥을 돋우자. 나, 【마신】 도철의 숙주지만. 너의 '세미남친'이지만. 적의 간부들과 동거하고 있지만.

　힘내라, 나. 지지 마라, 나. 천하태평 변태로 돌아갈 때까지.

　……그렇게 류가&자신에게 응원을 보냈으나.

　제3부의 개막과 동시에 한 가지 문제가 발생하고 말았다.

　메인 캐릭터 중 한 사람인 '상암의 혈족' 엘미라 매카트니.

　사신을 수호신으로 지닌 류가의 동료 히로인들. 그 안에서 【주작】을 담당한 그녀가. 미스터리어스한 소악마 캐릭터인 심홍의 머리카락을 한 뱀파이어가.

　웬걸, 최근에 실종되고 말았다. '사정이 있어 사도의 편에 서기로 했습니다'라는 메시지를 남기고——.

　느닷없이 엘미라가 증발한 일로 당연하게도 류가와 그 동료들은 크게 동요했다.

　곧바로 엘미라의 맨션으로 급행했지만 이미 그곳은 텅 비어 있었다. 휴대전화 전원도 꺼져 있는지 도통 연락이 되지 않는 상태다.

　류가와 동료들은 날마다 수색했지만 일주일이 지난 현재도 엘미라의 행방은 묘연했다. 게다가 타이밍이 나쁘게도

2학기가 시작해버린 탓에 낮에는 움직일 수 없는 상황이다.

'엘미라, 무슨 일이 있었던 거야……. 사도 편에 붙겠다니 대체 어떻게 된 거야?'

물론 류가와 마찬가지로 나도 걱정하고 있다. 상당히 애가 타고 있다.

분명히 동료의 '배신'과 '타락'은 드라마틱한 에피소드다. 이 소재를 쓴다면 인간이 아닌 엘미라는 그야말로 적임자라 할 수 있다.

하지만 이런 일에는 지켜야 할 지론이 있다.

메인 캐릭터가 적으로 돌아설 경우 일시적인 일이어야 한다. 최종적으로는 무사히 돌아와야 한다. 너무 심각한 악행을 저지르는 것도 곤란하다.

'이번 건은 엘미라의 인기에 크게 영향을 미칠 거야. 그렇다면 문제는…… 그녀가 말한 〈사정〉이다.'

바라건대 어쩔 수 없는 배신이기를. 아니면 스파이 역할을 하거나 세뇌당한 것이었으면 한다. 그리고 되도록 이달 중으로는 돌아오면 좋겠다.

사신의 한 축이 빠진 상태로는 궁극의 필살기를 쓸 수 없기 때문이다.

히노모리 류가의 【황룡】. 유키미야 시오리의 【백호】. 아오가사키 레이의 【청룡】. 쿠로가메 리나의 【현무】. 그리고 엘미라 매카트니의 【주작】.

그들이 오신(五神)합체한 '다 함께 쿵(명칭 변경 희망)'을 쏠 수 없으니까.

 '아무튼 슬슬 한 번쯤 모습을 드러내 주지 않으려나…….
가능하다면 적 캐릭터답게 야한 코스튬으로…….'

 그런 생각을 하고 있자니. 어느덧 종례가 끝나고 방과
후가 되어 있었다.

 반 애들이 잇따라 교실을 나가는 가운데 나는 우울한 얼
굴을 하고 교과서와 노트를 가방에 쑤셔 박았다.

 ……아마 오늘도 류가와 히로인들은 '엘미라 수색'과 '순
찰'을 겸해 거리로 나가겠지. 나도 되도록 참가하려고 하지
만 유감스럽게도 날이면 날마다 할 수는 없는 노릇이었다.

 '하아…… 오늘도 보충인가.'

 그렇다. 나는 여름방학 숙제를 거의 하지 않는 바람에
총 일곱 번의 보충을 받는 꼴이 되었다. 게다가 프린트 스
무 장에 달하는 추가 과제까지 얻어서.

 프린트 제출 기간은 닷새 뒤. 같이 사는 '나락의 사도' 미온,
주리, 키키에게 도움을 요청했지만 냉담하게 거절당했다.

 "말했잖아, 숙제는 조금씩이라도 날마다 하라고. 나는
몰라."

 "이치로 님. 이 주리는 일단 오메이 고등학교의 보건교
사이옵니다. 도움을 드리는 것은 다소……."

 "키키는 녹화한 《스펙터클 맨》을 보느라 바쁩니다."

 ……박정한 사도들에게 버림받아 나의 2학기는 최악으
로 출발했다.

'어쩔 수 없잖아. 나는 이번 여름방학 정신없었단 말이야! 제2부의 최종 보스 역할로서 직후에 삽입된 서브 스토리에도 적극 관여해버렸다고!'

마음속으로 그런 변명을 했을 때.

"──이치로. 혹시 오늘도 보충이야?"

한 학생이 다가와 내 자리 옆에 섰다.

고2 남자애치고는 체구가 작고 선이 가는, 중성적인 비주얼의 미소년. 여름 교복 위에 학교 지정 조끼를 착용한, 화려함이 있으면서도 눈에 띄지 않는 반 친구.

그 애는 당연히 히노모리 류가다.

이 이야기의 주인공이자 '용신의 계승자'이자 사실은 남장한 여자애이며 코스튬 플레이가 취미인 내 친구다. ……지금은 의사 연인 관계이지만.

"그래, 보충이야. 오늘로 겨우 네 번째……. 반절이지."

"그러고 보니 작년에도 같은 상황이었지. 이치로, 이중의 의미로 좀 배워."

귀 따가운 코멘트를 한 뒤, 곧 류가의 표정이 어두워졌다. 그 이유는 생각할 것도 없이 뱀파이어 소녀 때문이리라.

"엘, 지금 어디에서 어떻게 지낼까……."

"걱정하지 마. '사도 편에 선다'는 말까지 굳이 남겼으니."

"엘이라면 틀림없이 깊은 사정이 있을 거야. 왜 우리에게 의논하지 않았을까……. 나한테 그런 말을 할 자격은 없을지도 모르지만."

류가는 자신이 여자애라는 사실을 아직 엘미라와 유키미야에게 숨기고 있다.

소꿉친구인 쿠로가메는 원래부터, 우연히 나와 아오가사키에게 들켜 버린 것은 어쩔 수 없다 치더라도── 스스로 【황룡】의 계승자는 남자로 산다'는 규율을 폭로하는 것은 역시 거북할 것이다.

"아무튼 나는 나대로 시간을 봐서 찾아볼게. 류가야말로 너무 깊이 매달리면 안 된다? 안색이 좀 안 좋아 보여."

"응…… 엘도 걱정이지만, 요새 쿄카가 아파서…… 어제부터 학교도 쉬고 있어."

"쿄카가?"

여동생이 그런 상태라면 엘미라와 더블 펀치로 걱정이 될 것이다.

되도록 류가를 도와야 한다. 그것은 친구 캐릭터인 나의 사명이다. ……지금은 의사 연인이지만.

"쿄카는 혼돈이 딱 붙어서 간병해 주니까 괜찮을 것 같지만…… 맡겨만 두자니 다른 의미로 걱정이라서."

쿄카를 그릇으로 삼은 【마신】 혼돈은 한 가지 혐의가 걸려 있다. 까놓고 말해서 로리콘 의혹이다.

몇 번인가 대화를 거쳐 류가도 다소는 혼돈을 신용하고 있는 것 같지만…… 그 건에 관해서는 여전히 경계하고 있는 눈치다. 언니로서는 트리플 펀치로 걱정이 될 것이다.

"조만간 쿄카를 만나러 와줘. 이치로의 얼굴을 보면 쿄카도 조금은 기운을 차릴 테니까. 그때는 저녁도 대접할게."

"그래, 알았어."

"혹시 괜찮으면 이치로네 집에 가서 밥해줄까? 오늘이라도."

"아, 아니! 아무리 그래도 거기까지 부탁할 수는 없지! 마음만으로 충분해!"

삼 공주를 우리 집에 들인 것을 아직 류가에게 말하지 않았다.

솔직히 털어놓을 타이밍을 잡기가 쉽지 않다. 메인 캐릭터들이 기분 상할 것이 뻔하니까.

아마도 '적의 간부 세 사람과 동거하고 있다'는 점보다 '여자 세 명이랑 동거하고 있다'는 점을 더 따지고 들겠지.

특히 미온과 라이벌 관계인 아오가사키는 목도를 들고 습격하러 올지도 모른다. 언젠가는 말해야겠지만…… 지금은 때가 아니다.

"하지만 이치로, 사실상 자취 생활이지 않아? 편의점 도시락만 먹으면 안 돼."

"우리 집은 지금 좀 어수선해. 도저히 손님을 부를 상태가 아니야."

"도철 때문에? 어쩌면 나를 또 공격할지도…… 이치로랑 똑같은 모습인 텟짱한테는 나도 모르게 방심해 버린단 말이야."

"아니, 교실에 무슨 얘기를 꺼내는 거야."

무의식적으로 여자처럼 말한 류가를 나무란 나는 서둘러 자리에서 일어났다. 그리고는 도망치듯이 문을 향해 돌아서자마자 한 손을 척 들었다.

"그럼 보충받으러 갈게! 나도 순찰하면서 돌아갈 테니까 너는 서둘러 엘미라 수색을 마치고 쿄카 곁에 있어 줘!"

······그날, 선언대로 거리를 돌아다니다가 귀가했으나.

역시나 엘미라를 발견할 수는 없었다.

제1장 엘미라의 육아 분투기

1

생각해보면 나는 엘미라 매카트니라는 소녀에 대해 잘 모른다.

여러 관계로 얽혀 있지만 자세한 신원을 물은 적은 없다.

내가 가진 엘미라의 데이터라고 해봤자 '북유럽 출신', 【주작】의 계승자', '소설 쓰기가 취미', '불꽃을 자유자재로 조종하는 이능력'……. 고작해야 그 정도다.

그중에서도 특필할 만한 사항은 뭐라 해도 '뱀파이어다' 라는 사실이다만……. 내가 아는 뱀파이어와 그녀는 설정이 상당히 다른 듯하다.

——먼저 엘미라는 특별히 태양이 약점이 아니다.

햇볕을 쬐어도 재가 되거나 하지 않고 태연히 활동한다. 오전 수업 중에는 자주 자지만 그건 나도 마찬가지다.

——또 마늘과 십자가를 두려워하는 일도 없다.

두려워하기는커녕 교자를 엄청 좋아한다고 한다. 심장에 말뚝을 박으면 죽는 듯하지만 "그딴 짓을 하면 누구든 죽어요"라고 했다. 지당하다.

——그리고 흡혈 행위로 동료를 늘릴 수도 없다.

인간의 피를 빠는 것은 불꽃을 조종하기 위한 에너지원

이기 때문이다. 그녀의 이능력은 정확히 말하자면 '혈액을 불꽃으로 바꾸는 힘'이다. 영양을 섭취할 뿐이라면 평범한 식사로 충분하다고 하다.

'단, 피 맛에는 꽤 까다로워……. 내가 '전속 도너'가 된 것도 깊은 풍미와 깨끗한 목 넘김 때문이라고 하고.'

……이번 기회에 조금 더 엘미라에 대해 알아두어야겠다.

애초에 메인 캐릭터 전원이 같은 나라 사람인데 어째서 그녀만 외국인인가. 사흉이 잠든 이 마을을 벗어나 어째서 【주작】의 가계는 유럽으로 건너가 버린 건가.

뱀파이어라는 사실은 새삼 따지지 않겠다. 사도나 【마신】이 있으니 흡혈귀나 늑대인간이나 프랑켄슈타인이나 Q타로가 있어도 이상하지 않다.

나는 이야기에 관한 일 말고는 흥미가 없다.

'류가와 히로인들이라면 조금 더 자세히 알려나?'

그렇게 생각한 나는 '엘미라 수색'에 함께하는 김에 메인 캐릭터들에게 정보를 모으기로 했다. 그 결과 약간의 수확을 얻을 수 있었다.

──첫 번째, 히노모리 류가 왈.

"사실은 【주작】 가계는 줄곧 행방을 알 수 없었어. 아버지 말씀으로는 삼백 년 전에 여러 사도가 유럽으로 도망친 모양이라……. 당시의 【주작】 계승자가 사도를 쫓았다고 해."

"그래서 그대로 소식 불명이 되어버렸다고?"

"응. 설마 동유럽에서 뱀파이어 가계와 융합했을 줄은

생각지도 못했어.”

아무래도 엘미라의 자유분방하고 괴짜인 부분은 선조가 물려준 성격인 것 같다.

——두 번째, 유키미야 시오리 왈.

“원래 【주작】이 내려오던 집안은 ‘아카토리’라는 성이었다고 합니다.”

“그렇구나. 원래는 일본인이었을 테니까.”

“생각하면 매카트니는 동유럽에서는 드문 성이지요? 그건 ‘아카토리’가 변화한 것이 아닐까요. ‘새빨간 새(맛카나토리)’가 매카트니가 되었다고 봅니다…….”

어쩌면 그 이전에는 ‘상암의 혈족’에 전해지는 이명이 있었는지도 모른다. 아무리 생각해도 ‘상암의 혈족’은 흡혈귀를 가리키는 말이니까…….

——세 번째, 아오가사키 레이 왈.

“엘미라는 현재 매카트니 집안의 당주다. 이능력을 가지고 태어난 자는 적자 이외에는 극히 드물다고 한다.”

“그러고 보니 아오가사키 선배, 처음에는 엘미라와 전투를 벌였다면서요?”

“그래. 류가가 말리지 않았더라면 둘 중 하나가 죽었을 수도 있어.”

그 무렵 나는 그런 것 따위 눈곱만큼도 모르는 일상 전문 서브 캐릭터였다. 빨리 그 포지션으로 돌아가고 싶다.

——네 번째, 쿠로가메 리나 왈.

"음 엘짱이라면 조만간 발딱 돌아오지 않을까. 응? 번뜩이라고 하던가? 아, 불쑥이다!"

"…………."

처음부터 거북이한테는 기대도 하지 않았다.

——어찌 되었든 그녀들에게는 엘미라에 대한 깊은 신뢰가 엿보였다. 엘미라와 싸운다는 선택지 따위 조금도 고려하지 않는 듯했다.

'그만큼 메인 캐릭터들의 연대는 강하다는 말이로군…….
틀림없이 그 신뢰 관계가 엘미라가 아군으로 복귀하는 결정타가 될 거야.'

적으로서 앞을 가로막은 엘미라는 모두의 결사적인 부름에 공격을 주저하겠지.

"할 수 없어……. 제가 류가를 다치게 하는 일 따위…….
그런 대사를 치면서.

그 모습을 본 사도들은 크게 동요하겠지.

"뭘 하는 거야 엘미라! 그놈들을 죽여! 큭, 설마 놈들의 연대가 이토록 단단할 줄이야!" 그런 대사를 치면서.

응. 제법 뜨거운 전개를 기대할 수 있겠군. 내가 관여할 일도 없을 것 같고, 꼭 이 노선으로 가주면 좋겠다.

'그 때문이라도 빨리 엘미라가 나타나야 해. 우선 삼 공주한테도 수색을 돕게 할까.'

그렇게 마음먹고 나는 그날도 조금 늦게 집으로 돌아왔다. 보충을 받고 나서 거리를 돌아다니기 때문에 요즘 귀가는 늘 저녁 8시를 넘겼다.

오늘은 이미 9월 10일. 어느새 보충도 이제 한 번 남았다.

2

나는 지체 없이 저녁 식사 자리에서 '엘미라 수색'의 협력을 삼 공주에게 타진했다.

그녀들은 장군급 간부 사도이지만, 다른 '나락의 사도'와 달리 인간에게 해를 끼칠 마음은 없다. 다소 특수한 입장에 있는 적 캐릭터이다.

충성을 맹세한 【마신】 도철이 류가에게 반한 점.

그 도철의 그릇인 나와도 제법 사이가 좋은 점.

그리고 그녀들 자신도 그럭저럭 지금의 생활을 마음에 들어 한 덕에 인간 사회에 완전히 녹아들었다.

그렇지만 아직 류가와 히로인들과 완벽하게 화해한 것은 아니다. 그 때문인지 삼 공주는 나의 협력 요청에 노골적으로 난색을 표했다.

"딱히 찾지 않아도 되지 않아? 엘미라 매카트니의 배반은 우리랑은 관계없는걸."

삼 공주의 차녀격 존재이자 가장 착실한 미온이 그런 소리를 한다.

머리를 옆으로 묶은 교복 소녀는 우리 집 집안일을 도맡은 '코바야시 집안의 어머니'이다. 반찬 숫자도 용돈도 전부 그녀의 뜻……. 【마신】 도철조차 머리를 들지 못하는 숨은 보스다.

"그보다 이치로 님은 추가 과제에 전념하세요. 죄송하지만, 교사들을 세뇌해 돕는 것도 할 수 없습니다. 이치로 님을 위하는 일이 아니기 때문에……."

이어서 장녀격 존재이자 에로 캐릭터 담당인 주리가 대답했다.

입을 열면 야한 소리를 하는 이 초글래머 금발 미녀는 사실은 겉모습과 달리 사명감이 강하다. 너무 심해서 오메이 고등학교 보건교사가 되어 버린 것이 요즘 내 걱정거리이다.

"키키는 그 흡혈귀가 스펙터클맨과 똑같을 정도로 싫쭙니다."

마지막으로 막내격 존재인 키키가 그렇게 말하며 고개를 홱 돌렸다.

이 혀 짧은 바가지머리 어린 소녀는 《스펙터클맨》이라는 특촬 히어로 방송의 열렬한 팬이다. 아니, 괴수 쪽 팬이라서 스펙터클맨을 적시하고 있다.

──이상이 우리 집에 얹혀사는 '나락의 삼 공주'다.

이계에서는 팬클럽까지 있다는 일기당천의 사도들이다. 그렇게 보이지는 않지만.

"그런 소리 말고 협력해줘. 발견하면 그냥 가르쳐주기만 하면 돼."

세 번째 크로켓에 젓가락을 뻗으면서 나는 굴하지 않고 부탁했다.

큰 접시에 가득 담은 감자 크로켓, 크림 크로켓, 고기 크로켓은 모두 바삭하게 튀겨서 무척 맛있다. 내 식사는 미온에게 달려 있다.

"엘미라가 궁기 편을 들어버리면 너희도 곤란하잖아?"

"만약 그렇다면 쓰러뜨리면 그만이야. 도철 님과 이치로 군의 적이라면 엘미라도 우리의 숙청 대상인걸."

"잘 들으세요, 이치로 님. 저녁을 다 드시면 신속하게 과제물을 하세요. 제출 기한은 내일입니다?"

"이치로 남작, 고기 크로켓만 먹으면 안 됩니다. 키키는 아직 하나밖에 고기를 먹지 않아쭙니다."

……말도 붙일 수가 없다. 이 상태로는 도철이 명령해도 소용없겠지. 그놈의 지능으로는 도리어 삼 공주에게 넘어갈 게 뻔하다.

내가 한숨 쉬는 사이에도 악당 패거리답지 않은 단란한 식사는 계속된다.

"키키. 시금치도 다 먹어. 전혀 줄지 않았잖아?"

"키키 접시의 시금치만 다른 사람보다 만쭙니다. 미온이 키키를 괴롭힘니다."

"채소도 먹지 않으면 안 크니까."

"어차피 키키는 지금보다 성장하지 않쭙니다!"

"키는 클지도 모르잖아. 시금치는 말이지, 철분과 비타

민과 베타카로틴이 듬뿍 들어있어서 종합영양 채소라고
불리는──."

"그런 선전은 듣고 싶지 않쭙니다!"

에조늑대형 사도가 복어처럼 볼이 빵빵해져서 포크를
휘두른다.

그 반응에 백로형 사도가 난처하기 그지없는 얼굴로 나
를 보았다. '당신도 한마디 해줘요'라고 말하는 아내 같은
시선이었다.

하지만 나는 나대로 킹코브라형 사도에게 한창 잔소리
를 듣는 중이다.

"그런데 이치로 님, 학교에서 저를 주리라고 부르는 것
은 삼가주세요. 보건실에서의 저는 헤비즈카이옵니다. 공
사 혼동은 좋지 않아요."

"그보다 그만두지 않을래? 보건 교사…….."

"그럴 수는 없습니다. 어렵게 구한 직장이니까요. 아무래
도 저는 보건 교사가 천직이었던 모양이에요. 현재 보건실
에는 많은 학생이 인생 상담을 하러 찾아오게 되었습니다."

"알아. 덕분에 땡땡이 칠 장소가 없어져 버렸잖아."

"그래서, 과제물은 몇 장이나 남았죠?"

"여덟 장."

"아직 그렇게나 남았어요? 과제물도 성욕도 쌓아놓으면
안 됩니다!"

"성욕은 관계없잖아! 틈만 나면 야한 소리 좀 넣지 마!"

"아니요! 오늘 밤에야말로 넣겠습니다!"

"의미가 달라졌잖아! 그게 밥 먹을 때 할 대화냐!"

나와 주리의 외침에 키키와 미온의 외침이 겹쳐진다.

"시금치는 이제 질려쭙니다! 키키는 고기랑 과자로 살 겁니다!"

"키키! 떽! 이치로 군도 얘를 혼내줘!"

"그렇다면 너는 주리를 혼내줘! 이 19금 대장군을!"

"에로 캐릭터 또한 제 천직입니다!"

……코바야시 집안의 식탁은 늘 대개 이런 분위기다.

도저히 손님을 부를 상태가 아닌 것이다.

소란스러운 저녁 식사를 마치고, 나는 방에 틀어박혀 추가 과제에 매달리기로 했다.

주리에게는 "여덟 장 남았다"고 했지만 사실은 아직 열 여섯 장이나 남았다. 허위로 보고한 것을 들키면 또 헤비즈카 선생님에게 설교 당할 것이다. 야한 얘기를 잔뜩 끼워 넣어서.

'하루나 이틀쯤 제출이 늦어도 괜찮은데 말이지…… 내 경험상 사흘까지는 미룰 수 있을 거야.'

그런 생각을 하면서 책상을 마주하기를 십 분. 일찌감치 집중력이 끊어졌다.

친구 캐릭터의 필요성이 없는 한 나는 기본적으로 공부 의욕이 전혀 없는 남자다.

숙제라는 건 귀찮다. 게임이나 만화, 컴퓨터와 침대까지 있는 개인 방에서 공부 따위 될 리가 없다. 이렇게 열중하지 않은 상태에서의 학습에 무슨 의미가 있는 건가.

"……야 텟짱. 자냐?"

자신 안에 말을 걸어보았지만 【마신】 도철의 반응은 없었다.

어차피 또 밤새워서 텔레비전 게임이라도 했겠지. 저녁 때도 나오지 않았고, 최근 도철은 완전히 올빼미형이 되었다. 한밤중에 부스럭부스럭 냉장고를 뒤지다가 미온에게 들켜서 혼나는 【마신】을 본 것이 한두 번이 아니다.

'지금은 판타지 RPG에 빠져있었지……. 【마신】이 세계를 구하지 말라고.'

한없이 제로에 가까운 집중력으로 간신히 세 장째 과제물을 해치웠을 때.

느닷없이 발소리가 가까워지더니 방문을 노크했다. 조금 뒤 문이 열리고, 방안을 쏙 들여다본 사람은── 조금 전 시금치로 찡얼거리던 바가지머리 여자애였다.

"여어 키키, 어쩐 일이야."

"에헤헤. 이치로 남작, 기분 어떠쭙니까."

그대로 내 등 뒤로 통통통 돌아가 뒤에서 안기는 에조늑대 사도. 심하게 어리광부리는 말투인 것이 수상하다.

"키키, 시금치 다 먹어쭙니다. 엄청 애써쭙니다."

"그랬지. 내가 먹던 고기 크로켓을 강탈했지만."

"임무를 수행한 키키에게는 보상을 주어야 합니다."

……그 시점에서 나는 키키의 꿍꿍이를 파악했다.

"사실은 이치로 남작에게 긴히 상담할 게 이쭙니다."

"그 패턴…… 괴수 소프비지."

먼저 지적하자 바가지머리 어린 여자애는 또 "에헤헤" 하고 웃었다.

키키를 처음 만났을 때는 표정이 별로 없었지만 지금은 희로애락이 상당히 풍부해졌다. 그만큼 날마다 충실하게 보내고 있는지도 모른다. 아니면 처음에는 본성을 숨겼던 걸까.

"역시 이치로 남작입니다. 말귀가 밝쭙니다. 곤란하게도 해양괴수 자바제바제랑 무쇠팔괴수 규오고퐁이 동시 발매 돼쭙니다."

"발음이 어려운 녀석들이로군……."

"이 두 개가 갖추어지면 키키의 컬렉션은 상당히 호화로 워짐니다. 지저괴수 벨베론도 동료가 더욱 필요할 겁니다."

"난 돈이 없는데……."

분명히 집주인이지만 나는 생활비를 마음대로 할 처지 가 아니다.

우리 집 통장은 미온이 관리하고 있다. 예전에 사준 괴 수 소프비들도 내 적은 용돈으로 산 것이다.

"얼마 전에 집열 괴수 부노게노스를 사줬지? 그걸로 참아."

"이치로 남작! 제정신임니까!"

"제정신이야. 잔뜩 가지고 있어도 쓸모없잖아?"

키키는 이미 소프비 괴수를 다섯 개나 소지하고 있다. 그중에서도 지저괴수 벨베론을 마음에 들어 해서 항상 작은 가방에 넣어 가지고 다닌다.

더 이상 동료는 필요 없을 텐데…….

"자바제바제랑 규오고풍은 인류의 자연 파괴로 눈을 뜬 괴수입니다! 이치로 남작에게도 인류의 일원으로서 미안한 마음이 있을 겁니다!"

"그런 소리를 해봤자……."

"이 두 괴수를 우리 집에 초대해 사죄해야 합니다!"

괴수 소프비에게 납죽 엎드려 비는 자신을 상상하고 조금 서글퍼졌다.

"있잖아 키키. 언젠가 또 자바제바제랑 규오고풍보다 탐나는 괴수가 발매될 거야! 그때는 어쩔 거지?"

"다음에는 피망을 먹고 보상을 받을 겁니다. 이치로 남작에게."

"크리스마스까지 못 기다려?"

"아직 9월입니다! 그때는 분면 자바제바제랑 규오고풍보다 탐나는 괴수가 발매됩니다!"

"잘 알고 있잖아! 지금의 다섯 개로 참아!"

"미온이랑 똑같은 소리 하면 안 됩니다! 미온은 냉혈괴수 토리바바(새할망구)입니다!"

내 등에 업힌 채 키키가 폭언을 뱉은 직후.

"――다 들려."

갑자기 그런 목소리가 날아왔다. 돌아보니 반쯤 열린 문틈으로 당사자인 미온이 이쪽을 들여다보고 있었다.

"하, 하와와와와……!"

키키가 갑자기 책상 밑으로 숨어든다.

그 심정은 잘 안다. 백로 소녀의 온몸에서 심상치 않은 사기가 발산되고 있기 때문이다. 명백히 실온이 3도쯤 내려갔기 때문이다.

"이봐 키키. 누가 냉혈괴수 토리바바라구?"

내 발밑에 둥그렇게 몸을 웅크린 키키를 향해 미온이 생긋 미소 짓는다. 단, 눈은 웃고 있지 않았다.

"아, 아닙니다. 좋은 뜻으로 말한 겁니다……."

"흐응. 그럼 토리바바랑 같이 목욕하자. 오늘은 싫어하지 않고 순순히 따라주겠지?"

"하, 합니다. 얌전히 합니다."

……이리하여 키키는 미온이 욕실로 연행해갔다.

키키는 아직 혼자서 목욕을 하지 못한다. 가끔 내가 시키는 날도 있지만, 당연히 흥분 따위 하지 않는다. 아무리 그래도 네다섯 살 모습을 한 어린애에게 반응하는 건 불가능하다.

"요새 키키는 반항기인가……."

방을 나갈 때 미온이 한숨 섞인 말투로 중얼거린 소리가 들렸다.

사도에게도 반항기가 있는 걸까. 그렇다면 뱀파이어에게도 반항기쯤은 있을 수 있다.

'엘미라, 적인 사도들과 사이좋게 지낼까…….'

슬슬 나도 본격적으로 걱정이 되었을 무렵.

우연히도 나는 그 몇 시간 뒤에 엘미라와 만났다.

그것이 코바야시 집안이 연루된 소동이 될 줄은── 이때는 전혀 예측하지 못했다.

3

그때부터 근성과 타성으로 과제물과 씨름해 드디어 넉 장만 남기에 이르렀으나. 나의 기력은 끝내 한계를 맞이했다.

'이제 틀렸어……. 무슨 과목을 하고 있는지도 모르겠어…….'

시계를 보니 이미 심야 1시.

물론 삼 공주는 벌써 잘 것이다. 11시쯤에 미온이 야식으로 주먹밥을 가져다주었지만 그 뒤로 아무 소리도 들리지 않았다.

'휴식이 필요해. 편의점에 가서 아이스크림이라도 사 올까…….'

그러면 앞으로 한 시간, 아니 이십 분은 힘낼 수 있을 것 같다. 그렇다고 책상을 벗어나면 완전히 공부 모드가 해제

되어 버릴 우려도 있다.

가야 하나, 가지 말아야 하나…… 한참 고민한 끝에 나는 결국 편의점에 가기로 했다. 굿 타이밍으로 도철이 일어났기 때문이다.

"어라 나리. 아직 안 주무셨습니까?"

우~웅 하고 기지개를 켜면서 그런 태평한 말을 묻는 올빼미형【마신】.

여전히 나랑 판박이인 외견이지만 옆머리에 산양 같은 한 쌍의 뿔이 나 있는 점이 다르다. 생김새도 나보다 조금 멍청해 보인다. 류가와 삼 공주는 "아니, 똑같지 않아?"라고 했지만 말이다.

"오, 텟짱, 마침 잘 일어났다. 편의점에 잠깐 다녀올 테니까 이 과제를 해줘."

당장 도철의 양어깨를 붙잡고 나 대신 책상 앞에 앉혔다.

큰 기대는 하지 않는다. 한 장만 해줘도 잘한 거다.

"어…… 이거 혹시 문제의 추가 과젭니까?"

"맞아. 네가 머리가 모자란 체질이긴 해도 하면 할 수 있어. 누가 뭐래도【마신】이니까."

"자, 잠깐만요! 자랑은 아니지만 저는 초등학교 5학년 수학 드릴조차 하나도 모르겠는 남자라굽쇼!"

"괜찮아! 일본사니까! 너, 오다 노부나가랑 친구였다고 했잖아!"

"노부짱에 대해서는 다 까먹었다구요! 무좀이었던 것밖

에 기억 안 나요! 게다가 저는 이제 게임을 하려고……. 다크드래곤에게 위협받는 마을을 구해야 하는데……."

"먼저 숙주를 위기에서 구해! 컵라면 사 올 테니까! 감자칩도 얹어주마!"

"크허허……. 어쩔 수 없네요, 이건……. 빨리 돌아오셔야 해요?"

이리하여 나는 순조롭게 집을 나오는 데 성공했다.

해방감에 젖으면서 어슬렁어슬렁 밤길을 걷는다. 시간이 시간인지라 지나가는 통행인도 전혀 없었다.

'좀 먼 편의점에 가볼까. 금방 돌아가면 텟짱은 한 문제도 풀지 않았을 거야. 그러면 녀석에게 도움이 안 돼.'

도철의 건투를 빌면서 모퉁이를 돈 그때——.

내 온몸이 희미하게 술렁였다. 그 감각이 무엇인지 나는 알고 있었다.

'이건…… 사기인가?'

틀림없다. 장군급인 삼 공주의 사기만큼 강력하지는 않지만 앞쪽에서 여러 사기가 감돌았다. 다시 말해—— '나락의 사도'가 근처에 있다.

'이 앞은 공동묘지였지. 그러고 보니 이전에도 거기에 사도가 있었던가.'

분명 고블이라는 버팔로형 사도였다. 주리의 부하였던 모양인데, 놈은 허무하게 쿠로가메에게 당하고 말았다. 그것도 일 분 만에.

'어쩌지……. 단독으로 사도와 접촉하는 건 되도록 피하고 싶은데…….'

그렇다고 이런 한밤중에 류가를 부르는 것도 내키지 않았다. 밤샘은 피부에도 좋지 않다.

역시 지금은 내가 어떻게든 하는 수밖에 없다. 사기로 보건대 병졸급 같으니 몰래 쓰러뜨리고 입 다물고 있으면 된다. 메인 스토리에 영향은 없을 것이다.

'아마도 이 녀석들은 【마신】 궁기의 부하일 테니까. 잘하면 궁기의 정보나 엘미라의 정보를 얻을지도 몰라.'

만약을 위해 도철을 부를까 했지만 그만두었다. 지금의 그 녀석은 과제물이라는 사도보다 중요한 사명이 있다. 그쪽을 우선해야 한다.

"이런 이런…… 한숨 돌릴 요량이었는데 엉뚱하게 귀찮은 일을 마주쳐버렸군."

나도 모르게 중얼거린 그런 푸념이 어쩐지 주인공 같은 대사였다는 사실을 깨닫고, 허둥지둥 철회했다.

"크, 큰일이야, 다리가 덜덜 떨려……. 하지만 류가에게 도움이 되어야 해……. 나도 할 때는 한다. 류가의 힘이 되겠어."

다시 친구 캐릭터다운 대사로 말을 고치고 나는 공동묘지로 향했다.

질서 있게 묘석이 늘어선 좁은 길을 기척을 죽이면서 천천히 나아갔다.

얼마 지나지 않아 나는 사도 하나를 발견했다. 정확히 말하면 사도의 사체였다.

지면에 나뒹구는 그놈은 이미 전체의 절반 이상이 소멸해버린 상태였다. 이미 무슨 형태의 이형 괴물이었는지조차 알 수 없다.

'당했어……? 그러고 보니 사기의 숫자가 이상하게 줄어든 것 같은데…….'

처음에는 대여섯 개의 사기를 느꼈지만 지금은 이미 한두 개로 줄어들었다. 이 상황으로 보아 사도들은 떠나버린 것이 아니라…… 누군가에게 퇴치당하고 있다.

'혹시 또 쿠로가메인가? 내 대신 쓰러뜨려 주는 건 고맙지만, 그 건강 우량아가 이런 시간에 안 자고 있을까.'

아무튼 서둘러 나아가보니 또다시 사도 셋의 잔해가 나뒹굴었다.

누구의 소행인지는 모르지만 상당한 전투력을 지닌 듯하다. ……그렇게 생각했을 때.

갑자기 전방의 어둠에서 성대한 불길이 치솟았다.

이어서 "그갸아아아!" 하는 사도임 직한 놈의 단말마가 울려 퍼진다.

'불꽃? 저 이능력은 설마……!'

곧장 달려서 현장으로 급행한다. 바둑판 같은 통로를 돌고 돌아, 조금 큼직한 십자로에 당도했을 때.

──그곳에 붉은 머리카락의 소녀가 있었다.

교복 차림을 조금 헐렁하게 입은 여고생이 나에게 등을 돌리고 서 있었다. 주위에 작은 도깨비불 무리를 띄운 채.

물론 유령이 아니다. 나는 그녀를 잘 안다. 요 며칠 계속 찾고 있었으니까.

아니나 다를까 그녀는…… 행방을 감추어서 시끄럽던 뱀파이어였다.

"에, 엘미라?"

내 목소리에 그녀가 깜짝 놀라 돌아본다. 그 발치에 해 파리 형태인 듯한 사도가 융해되어 증발하고 있었다.

"어머나, 코바야시 이치로. 이런 곳에서 무얼 하는 거죠?"

도깨비불을 끄고 평소와 다름없는 모습으로 그렇게 묻는 엘미라. 그건 내가 할 말이다. 사도 편에 붙은 주제에 동료를 쓰러뜨리면 안 되잖아.

"엘미라! 여태까지 어디에 있었던 거야! 류가도 걱정하고 있다고!"

"이 근처에 있는 위클리맨션요. 제집은 사도에게 발각되었거든요."

곱슬곱슬한 머리카락이 밤바람에 나부끼며 엘미라가 가녀린 어깨를 으쓱했다.

"사도에게 발각됐다니…… 발각되면 안 돼? 묵고 가라고 하면 되잖아?"

"왜 제가 '나락의 사도'를 숙박시켜야 하죠."

"그야 동료이고……."

"뭐요? 그들은 【마신】 궁기의 부하인데요? 제가 최근 며칠 동안 몇 번이나 공격을 당한 줄 아세요?"

상황 파악이 안 된다. 요컨대 그녀는 사도에게 쫓기고 있다는 말인가? 그럼 '사도의 편에 서기로 했다'는 메시지는 어떤 의미였지?

여전히 사정을 파악하지 못한 채 내가 당황하고 있자.

느닷없이 건강한 울음소리가 공동묘지의 정숙함을 깨고 울려 퍼졌다. 놀랍게도 "응애애, 응애애" 하는 어린애의 울음소리였다.

"엉?"

게다가 목소리는 무슨 영문인지 엘미라에게서 들리고 있다.

"응응?"

달빛을 의지해 잘 살펴보니…… 뱀파이어 소녀의 가슴에 갓난아이가 있었다. 아기띠로 동여매어 해먹처럼 매달려 있었다.

"…………."

멍하니 넋이 나간 나를 내버려 두고 엘미라가 아기를 어르기 시작했다.

"오~ 그래쪄. 시즈마, 울면 안 돼요."

"…………."

"이제 괜찮아. 무서워쪄여. 나쁜 사람들은 마마가 해치웠어요."

"…………."

심야의 공동묘지에서 갓난아기를 상냥하게 위아래로 흔드는 흡혈귀.

누구든 좋다. 이번 에피소드의 개요를 이해할 수 있게 설명해주기 바란다.

"기저귀는 딱히 젖지 않았는데……. 역시 안은 채 걷거나 싸우는 게 안 됐던 걸까."

머릿속 정리가 따라잡지 못한 채 나는 한 가지 결론에 이르렀다.

인정하고 싶지는 않지만 이해할 수밖에 없겠지. 엘미라 매카트니가 엄마가 되어버린 사실을. 그녀의 실종이 산휴였음을.

"……엘미라, 묻고 싶은 게 있는데."

"뭐죠?"

"음, 그게…… 아빠는 누구야? 미안하지만 그 녀석을 후려쳐야겠어."

먼저 그것이 급선무다. 멋대로 메인 캐릭터와 아이를 만든 그 불한당에게 제재를 가해야 한다. 잡히면 거세해야 한다.

'우, 웃기지 말라고……! 출산 경험이 있는 히로인이라니 수요가 지나치게 한정적이잖아! 그 자식의 고추를 뽑아주마! 그놈도 마마로 만들어줄 테다!'

그런 나의 살의는 갓난아이의 울음소리가 더욱 격렬해지는 바람에 급속도로 시들었다. 작은 손발을 열심히 버둥거리는 모습에 끓어오르던 분노가 식었다.

　……그렇다, 이 아이는 죄가 없다. 인제 와 탄생을 한탄해도 소용없다. 태어난 이상 개구쟁이라도 좋으니 건강하게만 자라다오.

　"엘미라. 젖을 줘야 하지 않을까……."

　일단 그렇게 제안하자 금세 엘미라가 새빨개져서 대들었다.

　"그, 그딴 게 나올 리가 있나요! 성희롱 발언은 삼가세요!"

　"하지만 수유는 아기의 스트레스를 푸는 효과가 있대. 아기뿐만 아니라 대부분 남성의 스트레스는 젖을 빠는 걸로……."

　"그건 수유라고 하지 않아요!"

　"찔리는 구석은 있을 텐데! 엘미라도 몇 번이나 빨렸을 거야!"

　"누구한테?!"

　"그 애 아빠한테! 다시 말해 네 남편한테!"

　"뭔가 오해하고 있는 것 같은데 시즈마는 제 아이가 아니에요."

　"응? 하지만 출산을 위해 자취를 감췄던 거 아니야……?"

　"이봐요, 임신과 출산이 이런 단기간에 가능하다고 생각하――."

뜻밖에 엘미라가 모친이란 사실을 부정한 순간.

우리에게서 몇 미터 떨어진 곳에서 나뭇가지가 바스락 흔들렸다. 그와 동시에 검은 그림자가 튀어나와 엘미라를 향해 활공했다.

"엘미라 매카트니! 그 아기를 이쪽에 넘겨!"

맹렬한 속도로 다가오는 그림자의 정체는 날다람쥐 형태의 사도였다. 아직 한 마리 남아 있었나. 사기를 죽이고 나무에 숨어 엘미라가 방심할 기회를 살폈던 건가.

'아기를 넘기라고? 혹시 시즈마를 노리는 거야?'

마음속으로 갈팡질팡하면서도 나는 어느새 옆의 소토바(무덤 앞에 죽은 사람을 기리기 위해 꽂는 나무 판자)를 뽑아 습격한 놈을 향해 내던졌다.

소토바가 그대로 직격해 "우엑!" 하고 추락하는 날다람쥐 사도.

그러자 엘미라가 곧장 오른손에 불길의 소용돌이를 만들었다. 천천히 오른팔을 들더니 사도를 향해 단호하게 선언했다.

"거절합니다. 시즈마는 사도이기 앞서── '상암의 혈족'이에요."

그 한마디는 점점 더 나를 혼란하게 했다. 조건반사로 사도를 요격해버리는 친구 캐릭터답지 않은 행동을 한 자신을 향한 질책도 잊지 않았다.

'시즈마가 사도? 덤으로 '상암의 혈족'?'

어쩔 줄 몰라 하는 나를 방치하고 엘미라가 오른손을 단숨에 내려친다.

"활활 불타오르세요! 염주(焰奏)──왈츠(원무곡)."

발사된 불꽃이 곧장 날다람쥐 사도의 온몸을 휘감았다. 순식간에 불기운이 거세지더니 홍련의 염화가 이형 괴물을 집어삼켰다.

"그야아아아! 【마신】 궁기 니이이임──!"

마지막에 보스의 이름을 절규하는, 고전적인 장면을 연출한 뒤. 날다람쥐 사도는 곧 소멸해버렸다.

여전히 무시무시한 이능력이다. 공격력 자체는 아오가사키에 미치지 못하지만 엘미라에게는 그것을 보충하고 남을 넓은 사정 범위와 기술의 다채로움이 있다. 덧붙여 인간을 능가하는 뱀파이어다운 신체능력이 있다.

전위와 후위, 양쪽 다 해내는 만능꾼……. 그것이 엘미라 매카트니다.

"후우……. 이걸로 이번 습격은 끝난 것 같네요."

한숨을 한번 크게 쉬고 나서 엘미라가 다시 나를 향했다. 어느새 시즈마는 울음을 그치고 그녀의 가슴에서 색색 잠들었다. 대담한 아기다.

"코바야시 이치로, 여기서 만난 건 행운이었어요. 마침 당신한테만 연락할 생각이었거든요."

내가 "응?" 하고 목소리가 뒤집히자, 그 순간 엘미라가 휘청휘청 좌우로 비틀거린다.

"슬슬 혈액 보급이…… 필요해서…….."

그렇게 말하나 싶더니만 그녀는 힘없이 그 자리에 주저 앉았다.

나는 허둥지둥 달려가 뱀파이어 소녀를 안아 일으킨다. 가까이에서 보니 정말 인형 같은 미모였다. 왼쪽 눈가에 있는 눈물점이 요염함에 박차를 가한다.

'평소보다 심각한 에너지 고갈이로군……. 이거 나, 엄청 빨리겠다.'

엘미라가 불꽃을 구사하는 데는 에너지원인 '인간의 혈액'이 필요하다. 만능 타입인 엘미라 매카트니의 최대 약점이다.

그러나 그녀는 류가와의 약속으로 흡혈 행위를 금지당했다. 흡혈해도 되는 건 류가의 혈액뿐이라고 되어 있다. 내가 '전속 도너'인 건 모두에게는 비밀이다.

"코바야시 이치로……. 먼저 위클리맨션으로 돌아가죠……. 자세한 사정은 그곳에서 말씀드리겠어요…….."

"그래, 알았어."

"미안하지만……. 시즈마를 안아주시겠어요……? 지금의 나에게는 조금 무거워서…….."

"알았어."

적어도 내가 마지막으로 피를 제공한 것은 2주 가까이 전의 일이다. 그동안에 몇 번이나 전투를 벌였다면 이제 에너지는 텅텅 비었을 것이다.

엘미라가 아기띠를 풀고 재빨리 내 몸에 묶는다. 다행히 시즈마는 깨어나지 않았다.

"좋아, 그럼 갈까 엘미라."

"그러는 김에 저도 업어주시겠어요……?"

"…………."

"일어날 수가 없어요."

그런 이유로 나는 가슴에 수수께끼 갓난아기를 안고 등에 뱀파이어를 업고 하는 수 없이 무덤을 나왔다. 내던진 소토바는 원래대로 돌려놓았으니 부디 저주받는 일은 없기를.

'쳇……. 어째서 내 앞에는 연거푸 트러블이 날아드는 거야…….'

또다시 주인공스러운 푸념을 하고 말았지만, 마음속으로 한 말이라서 세이프로 판정했다.

4

엘미라의 안내로 도착한 곳은 무덤에서 십 분쯤 걸어간 장소에 있는 주택가 구역이었다.

지극히 평범한 오 층짜리 건물로 엘미라가 빌린 방은 4층 구석이었다. 최근에 이사 온 것치고는 가전제품이나 가구 등의 세간이 얼추 갖추어져 있다. 아기 침대도 있었다.

'설마 우리 집 근처였을 줄이야……. 등잔 밑이 어둡다더

니만.'

그로부터 얼마 되지 않아 엘미라는 내 피를 듬뿍 빨아들이고 조금 전까지의 소모가 거짓말처럼 회복했다.

반대로 나는 의식을 잃기 직전까지 피를 잃고 몇 초 동안 삼도천을 헤맸다. 강 건너에서 할아버지인 코바야시 키하치로가 손을 흔드는 모습을 본 것 같다.

"역시 코바야시 이치로의 피는 최고예요. 당도와 산도의 균형이 좋고 가벼우면서 과일향의 달콤한 맛…… 저는 당신 맛에 완전히 길들어졌어요."

만족스럽게 입가를 닦고 싱긋 미소 짓는 뱀파이어 소녀. 자신의 피 감상 따위 듣고 싶지 않다. 정말 끔찍한 맛 평가다.

"이 집 가재도구, 전부 엘미라가 구했어?"

거실 테이블에 엎드린 채 나는 생기 없는 목소리로 물었다. 아직 시야가 깜빡깜빡 어두웠지만 대화 정도는 간신히 가능했다.

"아뇨. 전에 살던 사람이 들인 거예요. 여기는 제가 빌린 게 아니라…… 아카토리 히데오라는 남자의 집이에요."

"아카토리, 히데오 씨?"

아카토리── 들은 적 있는 성씨다. 이전에 일본에 있던 【주작】의 가계가 그런 이름이었을 거다.

'혹시 엘미라의 친척인가? 아기 침대도 그 사람이 준비한 거라면 시즈마의 아빠는…….'

엘미라가 나에게서 멀어져 아기 침대에서 잠든 시즈마

곁으로 간다.

　잠든 얼굴을 바라보면서 이윽고 그녀는 내가 추측한 그대로의 대답을 했다.

　"이 아이의 아빠이자—— 저와 마찬가지로 '상암의 혈족'인 뱀파이어였던 남자예요."

　"뱀파이어……."

　"본명은 히데오 매카트니. 하지만 저는 면식이 없었고, 시즈마가 태어나기 전에 교통사고로 죽었다고 하더군요."

　"죽었다고……?"

　뱀파이어가 불사가 아닌 것은 알았지만 설마 교통사고라니. 가엾기도 하고 어떻게 반응해야 할지 난처한 이야기다.

　"우리 매카트니 가문에는 여러 분가가 있어요. 그중에는 일본계 피가 짙게 남은 자도 있다고 들었지만……. 설마 조국인 일본으로 돌아온 자가, 그것도 분가에서는 좀처럼 태어나지 않는 이능력자였을 줄은…… 생각도 하지 못했어요."

　"이능력자? 그럼 그 히데오 씨도 불꽃을 조종할 수 있다는 거야?"

　"네. 그렇다고 해도 전투력은 거의 없었다고 하지만요. 고작해야 손가락에 작은 불꽃을 피우는 정도였다던가요."

　그래서야 도저히 '나락의 사도'와는 싸울 수 없다. 바비큐에나 쓸 수 있을 것이다.

　"히디오, 즉 히데오는 생전에 이 도시에서 평범하게 회사에 다녔다고 해요."

"줄곧 인간으로 살았던 건가. 뱀파이어라는 사실을 숨기고……."

"예. 불꽃을 조종할 일이 없다면 흡혈 행위도 그다지 필요가 없으니까요……. 일부러 사도가 자주 출몰하는 이 땅에 산 까닭은 아카토리의 후예의 귀소본능이었겠죠."

……엘미라의 말투에는 조금 전부터 걸리는 점이 있다.

시즈마의 부친이라는 아카토리 히데오 씨. 그러나 그는 자신의 아이가 태어나기 전에 사망했다는 모양이다. 그리고 엘미라는 그와는 면식이 없다고 한다.

그렇다면 엘미라는…… 어떻게 그를 알았지?

히데오가 일본에서 직장인이었다는 사실을. 이능력자였다는 사실을. 시즈마를. ……이미 본인이 죽은 뒤였는데.

'생각할 필요도 없어. 평범하게 생각하면 그걸 엘미라에게 전한 사람은──히데오 씨의 부인이다. 시즈마의 진짜 엄마다.'

……대강 이야기의 개요가 파악되었다.

아마도 이번 건의 중요 인물은 그 엄마다. 왜냐하면 나는 이미 공동묘지에서 힌트를 얻었으니까.

엘미라는 말했다. "시즈마는 사도이기 앞서── '상암의 혈족'이에요."

아이가 사도. 하지만 그 아버지는 사도가 아니다. 그렇다면── 간단한 삼단논법이다.

"어느 날, 아카토리 히데오는…… 한 여성과 만났어요. 그리고 사랑에 빠져 그녀와의 사이에서 아이를 얻었죠. 그 아이가 시즈마예요."

엘미라의 설명이 핵심에 가까워진다.

"하지만 얄궂게도 그 여성은── 사도였어요."

"…………."

"지금으로부터 일 년 반쯤 전, 시공의 뒤틀림을 통해 인간계로 온 레이다라는 이름의 여사도였지요."

역시 그런 거였나.

본디라면 '나락의 사도'는 아이를 가질 수 없다. 그러나 유일한 예외로 어느 '특수한 인간'이 상대라면 드물게 아이를 가질 수 있다고 한다.

특수한 인간이란 즉, 나나 쿄카 같은 【마신】의 그릇. 또는 류가와 히로인들 같은 이능력자……. 그리고 아카토리 히데오는 후자에 해당한다.

"그러니까 시즈마는 뱀파이어와 사도의 혼혈……."

"그런 거죠. 아무래도 이능력자라면 뱀파이어가 상대라도 아이를 만들 수 있는 것 같네요. 그 때문에 이 아이는 무거운 십자가를 짊어지게 되었지만요."

평온하게 색색거리는 시즈마의 볼을 에미라가 살짝 쓰다듬는다.

"그래서 엘미라. 그 여사도는, 시즈마의 엄마는 어디에 있지?"

"벌써 죽어버렸어요."

"주, 죽었어? 히데오 씨뿐만 아니라 엄마까지?"

"네. 동료인 사도들 손에 걸려⋯⋯. 아니, 사도는 인간계에서 죽지 않는 법이라니 정확하게는 '혼화(魂化)했다'고 해야 하던가요?"

입을 떡 벌린 나에게 엘미라는 그때부터 조금씩 털어놓기 시작했다.

엘미라가 시즈마를 맡게 된 그 경위를——.

그건⋯⋯ 월상관과의 대항전이 있던 그날 밤 일이었어요.

저는 평소처럼 밤거리를 산책했죠. 뱀파이어는 기본적으로 야형이니까요. 순찰을 겸해 호러 영화라도 빌리려고 했던가요.

——그때 여러 사도의 사기를 감지했어요.

물론 목을 치기 위해 당장 달려갔지요. 당신도 아시다시피 저는 남들보다 배로 사명감이 강하니까요. 네? 처음 듣는다구요? 이야기를 중간에 잘라먹지 마세요.

도착한 곳은 번화가와 가까운 뒷골목.

그곳에서 어떻게 된 영문인지 사도 다섯이 한 여사도를 공격하고 있었어요.

"수치도 모르고 사도로서 긍지를 버린 놈!"

"크크크, 이백 년쯤 머리를 식혀라. 각오해, 레이다!"

"단, 그 꼬맹이는 데려가겠다!"

······그들은 저마다 그런 소리를 지껄였어요.

사도끼리 내분—— 그건 저희에게는 크게 환영할 부분이었지만······ 저는 개입하기로 했어요.

아무리 사도라고 해도 여러 명이서 한 사람을, 그것도 여성을 괴롭히다니 도저히 보고 지나칠 수 없잖아요?

같은 여자로서도 절대로 용서할 수 없는 일이에요. 이래 보여도 저는 남들보다 배로 정의감이 강하니까. 네? 됐으니까 이야기를 계속하라구요? 또 피를 빨아드릴까요?

"기다려. 당신들의 만행, 그냥 지나칠 수가 없군요!"

저는 그렇게 늠름하게 외치고 눈 깜짝할 사이에 다섯 명의 괘씸한 사도를 해치웠어요. 다행히 잔챙이들이라서 구제는 간단했죠.

다들 "갸악!"이니, "아차차차!"이니, "이, 이렇게 강하다니! 그리고 아름다워!" 같은 말을 하며 맥없이 소멸했지요. 별로 각색하지 않았어요. 뭐예요, 그 의심하는 얼굴.

하지만 구한 여사도는 이미 때를 놓쳤는지 그녀 또한 소멸하기 시작했어요.

레이다라고 한 그 사도는 품에 갓난아이를 안고 있었어요. 그리고 저에게 예기치 못한 부탁을 했습니다.

"사, '상암의 혈족'의 장······ 엘미라 매카트니······."

"어머, 저를 아시는군요?"

"이 아이라, 부디 이 아이를······."

"그 아기, 어디에서 납치했죠?"

"내 아이야……. 나랑 아카토리 히데오의……."

그 성씨에 놀란 저에게 레이다는 남은 힘을 짜내 자기 이야기를 했어요.

인간계로 왔지만 동료들과 떨어져 길을 헤맨 것.

그때 아카토리 히데오를 만난 것.

그와 사랑에 빠져 사도인 자신을 버리고 인간으로서 살아가려고 결심한 것.

시즈마를 출산하기 직전에 히데오가 사고로 죽고 만 것.

그리고── 태어난 시즈마에게는 사도로서의 뛰어난 소질이 있어 궁기가 자신의 부하로 삼기 위해 노리고 있다는 것.

……듣기로는 시즈마는 장군급 거물이 될 가능성을 잠재하고 있다는 것 같아요. 뱀파이어와 사이에서 생긴 사도인걸요. 그렇다 해도 신기한 일이 아니죠.

"하지만 나는…… 이 애가 전투 따위 하지 않았으면 좋겠어……. 인간과 공존하며 살아갔으면 좋겠어……. 우리가 그렇게 행복을 거머쥔 것처럼 시즈마에게도……."

"레이다, 당신……."

"히데오 씨도 그렇게 바랐어……. 인간과 인간이 아닌 존재도 서로 이해할 수 있다고……."

"그렇죠. 저희 뱀파이어가 공존할 수 있었으니까……. 사도도 가능할지도 몰라요."

"엘미라 매카트니……. 부디, 부디, 이 애를 지켜줘……. 언젠가 또 내가 부활하는 날까지……. 아니, 하다못해 삼 년 만이라, 도……."

그것이 레이다의 마지막 말이었어요.

그리고 저는── 시즈마를 지키기로 마음먹었습니다.

5

엘미라가 이야기를 마쳤을 무렵에는 나는 의자에서 일어날 정도까지 회복했다.

아무튼 엘미라의 '사정이 있어 사도 편에 서겠습니다'라는 메시지의 진상은 이해했다.

그야 아무리 사도라고 해도 갓난아기를 내버려 두고 떠날 수는 없었겠지. 보기에 시즈마는 아직 생후 석 달 정도다. 이제 의지할 부모도 없다.

'만약 궁기 손에 넘어가면 틀림없이 흉포한 사도로 자라고 말겠지. 시즈마가 나쁜 길로 들어서는 건 레이다도 바라지 않을 거야.'

요전번에 아오가사키에게 진 '나락의 팔걸' 중 한 사람, 바론이 떠올랐다.

궁기의 부하인 장군 사도는 우쭐하며 말했다. "사도도 자식을 얻을 수 있다……. 그 이야기는 헛소문이 아니야. 나는 이미 실제 예를 알고 있으니까"라고.

이제 와 생각하니 그게 레이다 이야기였을 가능성이 있다.

그러니까 바론은 자신도 그것을 실천하려 했다. 그리고

하필이면 그 상대로 아오가사키를 골랐다. 야마나시 아사오인 척하며 야한 짓을 하려고 일을 꾸몄다.

'엘미라의 사정은 일단 알았지만.'

다만 이 단계에 이르러 또다시 걸리는 점이 나왔다.

그것을 확인하고자 나는 엘미라에게 물었다.

"엘미라. 그런 사정이라면 그냥 모두에게 상담하면 됐잖아."

"…………."

"사도의 아기라고 해서 류가가 매몰차게 대할 리가 없지? 그건 너도 잘 알 텐데."

류가는 지금 혼돈과 도철과 순조롭게 화해 교섭을 진행하고 있다.

아오가사키와 미온도 한때 살벌한 관계에서 변화하고 있다.

주리도 성실하게 보건교사로 일해서 학생들이 따르고 있다. 이건 좀 별로다 싶다만.

……인간과 '나락의 사도'가 공존할 수 있는 길은 착실히 열리고 있다. 시즈마의 존재를 털어놓는 데에 이전만큼 문제가 있다고 보이지 않는다.

"……그건 불가능해요."

하지만 엘미라는 눈을 내리뜬 채 고개를 가로저었다.

"이번 일은 인간과 사도의 문제가 아니라—— 저희 '상암의 혈족' 문제니까요."

"응……?"

"시즈마는 사도이기 전에 뱀파이어예요. 다시 말해 저희 동포예요."

엘미라는 그렇게 말하면서 시즈마에게 천천히 부채질을 해준다. 냉방을 틀지 않은 이유는 갓난아이의 몸이 너무 차지 않게 하기 위해서일까.

"저에게는 매카트니 일가의 당주로서, 레이다의 마지막을 지킨 자로서, 시즈마를 지킬 의무가 있어요. 그리고 이 아이가 인간을 공격하지 않도록 교육할 책임이 있어요."

"아니, 하지만."

"집안 소동으로 류가에게 폐를 끼칠 수는 없어요. 이 문제를 처리하는 건 일족의 종주인 제 개인의 역할이에요."

"잠깐만 엘미라. 그 아이가 사도인 이상 이건 매카트니 가문만의 문제가…… 시즈마는 궁기 진영이 노리고 있잖아."

"부디 이해하세요 코바야시 이치로. 이 복잡한 어머니의 마음을."

"아니 어머니가 아니잖아. 오늘 같은 습격이 몇 번이나 있었지? 여기도 언젠가 적에게 들킬걸? 류가가 안 되겠다면 하다못해 삼 공주의 협력을——."

어떻게든 설득을 시도했지만 뱀파이어 소녀는 고집스럽게 버텼다.

"분명히 삼 공주는 다른 사도들과는 다를지도 모르죠. 하지만 아직 저는 완벽하게 신용하지 않아요. 시즈마의 존재를 알면 전력으로 삼으려고 획책할지도 모르는걸요."

"그런 일 없어! 미온은 완전 엄마 속성이라니까!"

"어떻게 그런 걸 알죠?"

"아, 아니…… 그렇지! 월상관과의 시합 때, 주리와 키키도 가세해줬잖아! 사도 집단과 함께 싸워줬잖아?"

"그런 일이 있기 때문이에요! 저는 이 아이를 사도와의 전투에 휘말리게 하고 싶지 않아요! 평온하고 건강하게 살기를 바란답니다! 그건 어미로서 당연한 바람이죠!"

"그러니까 너는 엄마가 아니잖아!"

"낳은 부모가 아니라도 기른 부모예요!"

틀렸다. 어렴풋이 그럴 것 같았지만……. 시즈마에게 상당히 정이 붙은 모양이다. 보름 가까이 엘미라를 발견하지 못했다고 문제가 이런 형태로 나타날 줄이야.

"억지를 부리고 있는 줄은 알아요. 하지만…… 아무튼 지금은 시간을 주세요. 시즈마 일은 저랑 당신만의 비밀로 해요."

"…………."

"습격 따위 문제도 아니에요. 앞으로는 믿음직한 코바야시 이치로가 함께이니까요."

──그 후. 내일도 학교에서 돌아오는 길에 이곳에 오기로 약속하고 나는 집으로 돌아갔다.

가는 길에 편의점에 들러 컵라면과 감자칩과 아이스크림을 산다. 예정보다 귀가가 매우 늦어졌기 때문에【마신】

을 위해 말차푸딩도 추가했다.

'제3부가 시작되자마자 전개가 이상해졌어. 게다가 나 혼자만 또 스토리에 얽혀버렸어…….'

함구령이 내린 이상 류가에게 얘기할 수도 없다. 얘기하려면 먼저 엘미라를 납득시켜야 한다.

'지금까지 여러 친구 캐릭터를 해왔지만, 아무리 그래도 육아 경험은 없어……. 우리 집에도 어린 애가 있기는 해도 갓난아기는 손 가는 수준이 다르잖아.'

엘미라가 빈말이라도 여자력이 있는 소녀가 아닌 점이 걱정이었다. 전에 들은 이야기로는 집안일은 거의 하지 못한다고 했다. 가정과는 늘 낙제점 턱걸이라고 한다.

이래서 시즈마를 돌볼 수 있겠어? 육아 지식 따위 없을 텐데. 궁기 진영에서도 노리고 있고…… 우리만으로 어쩌자는 거야.

나는 '이야기의 서브 캐릭터'로서, '친구 캐릭터'로서, 어떻게 행동해야 할까. 차라리 시즈마 얘기를 듣지 못한 걸로 할 수는 없을까?

'아니, 그럴 수도 없지. 만약 엘미라가 시즈마를 데리고 동유럽으로 도망치기라도 한다면 큰일이야.'

이대로 엘미라가 이야기에서 퇴장하면 곤란하다.

그리고 언제까지고 나 혼자 사정을 아는 것도 곤란하다.

'어쨌건 한시라도 빨리 이 건에 류가와 히로인들도 끼게 해야 하는데……. 그러기 위해서 한시라도 빨리 엘미라를

설득해야 해.'

자신을 그렇게 설득했을 때 집에 도착했다.

과제를 전부 떠넘긴 도철에게 먼저 솔직하게 사과하고자 내 방문을 열자.

──텔레비전 게임을 하고 있었다. 과제가 아니라 다크 드래곤과 마주하고 있었다.

"아, 나리. 늦었잖아요. 금방 돌아온다고 했으면서."

심지어 불평까지 늘어놓았다. 【얼간이 마신】에게 사온 말차푸딩을 전력 투구해줄까 생각한 순간.

"과제물, 다 끝났어요. 나머지 네 장 전부."

"뭐, 뭐라고?"

예상하지 못한 도철의 말에 나는 허둥지둥 책상으로 달려들었다.

……확실히 끝나 있었다. 게다가 어느 대답도 대강 맞는 것 같다.

거짓말이다. 이런 거 텟짱이 아니다. 절대로 말장난 같은 답을 달아놓을 줄 알았는데! 좀 기대했는데!

'아니 잠깐만. 이 필적은…….'

도철이 썼다고 하기에 이상하게 깔끔한 달필이다. 이 녀석은 기본적으로 지렁이가 기어간 듯한 더러운 글씨를 쓴다. 나도 남 흉볼 처지가 아니지만.

문득 책상 끝에 있는 메모를 발견했다. 거기에는 한마디, 이렇게 적혀 있었다.

'이치로 님께. 이번 한 번만이에요.'

컨트롤러를 부지런히 움직이면서 도철이 말했다.

"몰래 덮치러 들어온 주리가 해줬습죠. '아무리 그래도 【마신】 님께 학교 과제를 시킬 수는⋯⋯' 같은 소리를 하면서. 야아, 부하는 있고 봐야 한다니까요."

이러쿵저러쿵하면서도 결국 마음 약한 헤비즈카 선생님이었다.

그런데 그 녀석은 머리가 좋았던 건가. 당연히 성교육 온리라고 생각했다.

"말해두지만 나도 한 문제 풀었다구요? '오다 노부나가를 섬긴 흑인 이름을 쓰시오'라는 문제 말입죠."

그 해답이라면 나도 대하드라마를 본 덕에 안다. 분명히 '야스케'란 이름이었을 것이다. 노부나가는 그 야스케를 상당히 마음에 들어 해서 줄곧 가까이에 두었던 모양이다.

"칫, 일본사의 사이토 녀석, 마니악한 문제를 내다니."

그렇게 투덜거리면서 과제물을 확인해보니.

해답란에 더러운 글씨로 '도철'이라고 적혀 있었다.

"너잖아!"

"예입. 접니다. 딱히 노부짱을 섬긴 거는 아니지만."

⋯⋯예전, 제2부에서 본 전투모드 도철을 떠올린다. 그때 그는 온몸이 칠흑의 그림자 같은 모습이었다. 그 형태를 노부나가는 흑인이라고 생각했는지도 모른다.

야스케가 너였냐.

사실이라 해도 해답적으로는 오답이지만.

6

묘지에서 엘미라와 만나고 나서 며칠이 지난 토요일.

떳떳하게 보충과 추가 과제에서 해방되었으나 나는 그것을 기뻐할 처지가 아니었다. 자유의 몸이 되었으니 본격적으로 류가의 '엘미라 수색'에 함께해야 했다.

그 일 자체는 상관없다. 친구 캐릭터로서의 역할 범주겠지. 하지만.

'아아, 류가에게 일러바치고 싶다…….'

뱀파이어 소녀가 어디 있는지 알면서 뱀파이어 소녀를 찾는다……. 나한테는 엄청나게 허무한 행동이었다.

그러나 당연히 류가와 히로인들은 진지함 그 자체였다. 오늘도 분담해서 끈기 있게 마을 곳곳을 돌아다녔다. 참고로 나는 오늘 류가와 동행했다.

"없네, 엘. 이렇게 찾아도 발견되지 않는다니……."

기운 없이 어깨가 처진 류가가 한숨을 쉰다.

류가에게는 미안하지만, 찾지 못하는 게 당연하다. 이쪽 방면은 엘미라의 맨션과 정반대니까. 그걸 가르쳐주지 못하는 것이 상당히 괴롭다.

"어때 류가, 잠깐 쉴까? 벌써 한 시간 넘게 계속 걸어 다녔잖아?"

"하지만 이러는 동안에도 엘이."

"찾을 때는 뜻밖에 간단히 찾는 법이야. 잠깐 기다려, 저기 자판기에서 마실 거 사 올게. 커피 괜찮지?"

억지로 밀어붙여 잠시 쉬기로 했다. 류가는 이래 보여도 억지에 약하다. 전에 도철이 끈질기게 졸라 딱 한 번 머리를 땋은 적이 있다.

우리가 온 곳은 공단주택 옆에 있는 작은 공원. 놀이기구 따위 하나도 없지만 그곳에 작은 벤치가 있었다.

나란히 벤치에 앉아 나는 캔커피를 남자답게 단번에 마셨다. 반면 류가는 양손으로 캔을 들고 홀짝홀짝 마셨다.

……주변에 아무도 없다고 해도 그런 여자애처럼 마시는 건 그만두었으면 좋겠다. 일부러 남자 교복을 입었으니까. 남자 버전인 너랑 지내는 귀중한 장면이니까.

"그러고 보니 류가, 쿄카의 상태는 어때?"

개인적인 바람을 제쳐놓고 류가에게 그렇게 물어본다.

병문안을 가겠다고 했으면서 여러 가지 일이 있어 아직 가지 못했다. 그게 줄곧 마음에 걸렸다.

"응, 꽤 괜찮아진 것 같아……. 하지만 아직 일어나기는 힘들어 보여."

"곁에 있어 주지 않아도 돼? 엘미라 수색은 나나 다른 애들이 계속할 테니까. 부모님도 집에 계시지 않고, 너는 쿄카를 우선하는 편이 좋아."

"하지만……."

"혼돈이 간병하는 것도 한계가 있잖아? 그 아저씨, 쿄카 바로 옆에서 떨어질 수 없으니까. 죽이나 얼음도 챙길 수 없고."

도철과 달리 혼돈은 숙주와 따로 행동할 수 없다. 쿄카에게서 이삼 미터 떨어져 버리면 실체를 유지할 수 없다.

그릇에서 떨어져 행동할 수 있는 건 어디까지나 도철만의 특수 능력이다.

대신에 혼돈은 '이계의 문을 여는' 우리 【마신】에게는 없는 특수 능력이 있다. 지금은 극도로 힘을 잃어 사용이 불가능하다만.

"그렇지……. 그럼 그 말에 기대 오늘은 앞으로 한 시간 정도 찾다가 돌아갈까. 신경 써줘서 고마워, 이치로."

그러는 게 좋다. 지금의 류가는 엘미라보다 여동생을 걱정해야 한다. 그 뱀파이어 모자는 당장은 본의는 아니지만 내가 돕겠다.

'오늘도 이 뒤에 맨션에 얼굴을 비추기로 했으니까…….
그러는 김에 분유랑 베이비파우더를 사 오라고 했으니까…….'

자신이 처한 귀찮은 입장에 남몰래 탄식한 그때.

바로 코앞에 있는 공원 옆 인도로 유모차를 미는 주부가 지나갔다.

설마 엘미라는 아니겠지 하고 순간 철렁했지만 평범한 젊은 부인이어서 가슴을 쓸어내렸다. 아니, 차라리 엘미라인 편이 나로서는 좋았다만.

"앗, 아기다. 귀엽다."

내 마음도 모르고 류가는 그렇게 혼잣말했다. 이어서 그녀는 벤치에서 슬쩍 일어나 옆에 있는 나와의 간격을 마구 좁혔다.

……아무리 봐도 남자끼리 나란히 앉을 거리가 아니다. 이건 커플의 거리다.

그래서 나도 슬쩍 일어나 조금 전과 같은 간격을 확보했다.

"나도 언젠가 엄마가 될까……. 될 수 있으면 좋을 텐데……."

"그, 그렇지. 그러기 위해서라도 지금은 세계를 지켜야 하겠다. 씩씩하게 싸워야지."

"있지, 이치로는 남자애랑 여자애 중에 어느 쪽이 좋아?"

화제 유도도 허무하게 류가는 여자 모드를 절제하지 않았다. 그리고 또다시 간격을 좁혔다.

나는 다시 그만큼 엉덩이를 비킨다. 이미 엉덩이 반쪽이 벤치에서 삐져나왔다.

"나는 말이지, 어느 쪽이 더 좋을까. 그보다는 많이 낳고 싶어. 대가족을 동경했어."

……위험하다. 이 대화에 어울리면 데릴사위 플래그가 점점 강화될 것이다.

그렇다고 즐거운 듯이 목소리가 들뜬 류가를 보고 있으

면 찬물을 끼얹기도 꺼려진다. 엘미라와 쿄카 일로 류가도 지쳤을 테니까.

'주인공의 케어는 친구 캐릭터의 책무다. 하지만 이 화제에 동참하면 친구 포지션이 붕괴한다……. 말도 안 되는 딜레마다.'

대답을 못 하자 류가가 갑자기 키득키득 웃음을 터뜨렸다.

"왜, 왜 그래 류가."

"거기, 더 이상 벤치가 아닌데?"

엉덩이를 비키는 사이에 어느새 나는 아무것도 없는 장소에 앉아 있었다. 이른바 투명의자 자세로 아무렇지 않게 다리를 꼬고 있었다. 내가 봐도 재주 많은 남자다. 그리고 튼튼한 아랫도리다.

"그 자세, 괴롭지 않아?"

"으, 응. 요새 좀 운동 부족이라서 말이야. 다리랑 허리를 단련하기로 했어."

"운동 부족? 요전에 월상관과 시합한 지 얼마나 됐다고. 정말로 이치로는 특이해. 새삼스러운 이야기지만."

"그, 그렇지? 그런 놈은 남자친구가 아니라 단순한 친구로 두는 편이 즐겁다? 코알라도 동물원에서 가끔 보니까 귀여운 거지 집에 날마다 있으면 열 받아서——."

"아하하. 그럼 슬슬 갈까."

나의 간언을 상대하지 않고 류가가 일어섰다.

하는 수 없이 나도 투명 벤치에서 일어나 둘이서 공원

출구로 걸어간다. 일단 조금 전 자판기까지 돌아가 쓰레기통에 빈 캔을 버렸다.

"이치로, 이제부터는 탐문에 중점을 둘까. 엘의 붉은 머리카락은 눈에 띄니까 인상에 남은 사람이 있을지도 모르고."

"그래, 알았어."

열심히 수색 활동에 몰두하는 류가에게 새삼 죄책감이 쌓인다.

이렇게 걱정해주는 동료가 있는데 뱀파이어 소녀는 왜 그렇게 오기를 부릴까. 언제까지 혈족의 체면에 얽매여 있을 건가.

"……사실은 나도 레이 선배랑 마찬가지로—— 엘과는 만난 그날 전투를 치렀어."

수색을 재개하고 얼마 되지 않아, 불쑥 류가가 품속에 있던 말을 꺼내듯이 나직하게 말했다.

"사도가 다시 나타난 걸 알고 【주작】의 사명을 다하기 위해 일본에 왔다고 하지만……. 처음에는 나를 위험한 이능력자라고 생각한 것 같아."

"엘미라, 처음에는 수수께끼의 전학생이었으니까. 그보다 【주작】인 주제에 히노모리 가문을 몰랐던 거야?"

"듣기는 한 것 같은데 잊어버렸나 봐. '그러고 보니 할머님이 그런 말씀을 했던가요'라던데."

정말 자유분방하고 소란스러운 뱀파이어다.

참고로 할머님이란 고향인 동유럽에 있는 엘미라의 조모인 듯하다. 물론 그 사람도 뱀파이어지만, 아직 백 살 정도라고 한다.

　그리고 엘미라는 놀랍게도 진짜배기 열일곱 살이다. 좀 더 수백 년쯤 살았을 줄 알았는데…… . 듣자하니 흡혈귀의 수명은 고작해야 인간의 두 배 정도란다.

　"나도 그 무렵에는 【용신】의 힘을 제어하지 못했으니까……. 뱀파이어의 존재도 몰랐고, 엘을 사도라고 완전히 오해했어."

　가입 전 동료 캐릭터와 일전을 벌이는 건 전투물에 정해진 수순이다.

　나도 처음에는 전학 온 엘미라를 보고 야단법석을 떨었다. 필사로 말을 걸었다가 쌀쌀맞은 태도로 응수 당해 침울해하는 작업에 종사했다. 빨리 그 포지션으로 돌아가고 싶다.

　"이봐 류가, 사정도 이야기하지 않고 자취를 감춘 엘미라한테…… 화나지 않아?"

　혹시 몰라 물어보니 류가는 망설임 없이 즉답했다.

　"걱정은 되지만 화나지는 않아. 나나 레이 선배도 비밀은 있으니까……. 우리는 엘이 무사히 있다는 걸 확인하고 싶을 뿐이야."

　"그렇구나. 동료의 연대라는 거 좋은 거구나."

　"물론 나에게 첫 번째는 이치로와의 관계야. 관계가 아니라 운명의 붉은 실인가?"

그렇게 말하며 벤치에서 있었던 일을 재현하듯이 또다시 류가가 거리를 좁혀왔다.

어깨가 닿을 듯이 딱 붙어 자신과 나의 새끼손가락을 건다. 이런 친구가 어디에 있냐?!

"야, 가깝다고! 주변에서 이상한 눈으로 볼 거야!"

"친구니까 별로 이상하지 않지? 남자는 스킨십을 좋아하잖아. 자주 어깨를 주무르기도 하고."

"그건 석양을 향했을 때만이야!"

"자주 농담으로 가슴을 주무르기도 하고."

"그건 풍보에게만이야!"

밀착해오는 주인공에게서 거리를 두는 사이에 나는 길 옆 도랑에 빠졌다.

그 뒤. 예정대로 한 시간 정도로 수색을 마치고 류가와 헤어지고 나서.

나는 서둘러 슈퍼에 가서 분유와 베이비파우더, 그러는 김에 기저귀까지 사서 엘미라가 기다리는 위클리맨션으로 향했다.

건네받은 보조키로 문을 열자마자 시즈마의 울음소리가 날아왔다. 이어서 허둥대는 엘미라가 내 손을 잡아끈다.

"왜 이리 늦게 와요! 빨리 분유를!"

"쟁여놓은 분유는 없었어? 떨어지면 안 되잖아."

……그 뒤로 나는 엘미라의 육아 파트너를 담당하고 있다.

갓난아기를 돌보는 건 상상보다 훨씬 힘들었다. 하물며 미숙한 고등학생 두 사람인지라 부족한 점투성이다.

"코야시 이치로, 젖병을 준비하세요!"

"으, 응."

"이상한 표정 지어서 웃게 하세요!"

"으, 응."

"기저귀를 갈아주세요!"

"으, 응."

"화장실 방향제도 갈아주세요!"

"그건 스스로 해!"

하나부터 열까지 이런 상태로 시종 야단법석이다. 나까지 아빠가 된 기분이다.

"휴우…… 일단 정리가 되었네요. 코바야시 이치로가 있어 주어 큰 도움이 돼요."

30분 뒤. 간신히 시즈마를 재우고 우리는 한숨 돌렸다.

"시즈마는 정말로 기운차고 핸섬하고…… 틀림없이 저를 닮았어요."

"너를 닮을 의미를 모르겠는데……."

참고로 시즈마는 남자애다. 확실히 건강한 아기로 까꿍 잘 웃고 응애응애 잘 운다. 목에도 힘이 생겨서 안기가 제법 편해졌다.

'겉모습은 아무리 봐도 인간 아기야……. 사도는 이런 존

재인가?'

삼 공주에게 물어보고 싶지만 함구령이 풀려야만 한다. 정말이지 성가신 이야기다.

"하지만 드디어 육아에도 익숙해졌어요. 저희는 좋은 부부가 될 것 같아요."

"멋대로 나를 혈족에 추가하지 마!"

"이 기회에 둘째도 낳을까요?"

"뭔 기회야!"

"금전면의 걱정은 없어요. 시오리 씨 집안 정도는 아니지만 매카트니 가문도 상당히 부유하거든요. 다섯 명 정도까지 괜찮아요."

"아기를 쉽게 보지 마! 시즈마만으로도 이렇게 힘든데!"

"조용히 하세요! 시즈마가 깨잖아요!"

"너도 소리 지르고 있잖아!"

이렇게 말다툼하는 모습이 그야말로 부부 같아서 울고 싶어진다.

빨리 이 상황을 어떻게든 해야 한다……. 결국에는 나도 시즈마에게 정이 붙고 말 것이다.

"이봐, 엘미라. 역시 류가에게 상담하자. 우리만으로는 무리라니까."

"끈질기네요, 코바야시 이치로. 공동묘지 전투 이후로 사도들의 습격도 없고……. 이제 그들도 포기한 거 아닌가요?"

"단정하기는 일러. 시즈마에게 무슨 일이 있고 나서는

늦는다고."

"아무튼 류가는 【마신】 궁기와의 전투에 전념했으면 좋겠네요. 시즈마의 문제를 짊어지는 건 저랑 코바야시 이치로만으로 충분해요."

어째서 거기에 내가 들어가지. 단순한 서브 캐릭터(지망)인 내가. 비전투원(지망)인 내가.

최근에는 삼 공주도 내 거동을 수상쩍게 여기는 것 같다. 저번에 책상 위에 육아 지식 책을 깜빡하고 올려두고 말았다. 《아기 완전공략 가이드 ~당신도 오늘부터 육성 프로다》를.

'류가에게도 삼 공주에게도 상담하지 못한다면 텟짱에게 상담해볼까. 【마신】과 그릇은 일심동체니까 괜찮겠지. 문제는 크게 도움이 될 것 같지 않다는 점이지만……'

그런 생각을 하는 사이에 또다시 시즈마가 작게 칭얼거렸다.

"아구구, 왜 그러지요 시즈마? 착한 아이니까 코오 해야죠."

금방 엘미라가 달려와 시즈마에게 간드러진 목소리로 말한다.

미스테리어스한 소악마 캐릭터인 엘미라는 어디로 가버린 건가. 이럴 바에야 정말로 배신해서 본디지 의상이라도 입고 "호—홋홋호! 무릎을 꿇어라!"라며 채찍을 휘두르는 편이 훨씬 나았다.

"그렇지. 책을 읽어드리겠어요."

"아니, 아직 이해하지 못할 거야……."

"상관없어요. 어머니의 목소리가 들린다……. 그 안심감이야말로 중요하니까요."

또다시 '어머니'라고 주장하며 뭔가를 낭독하기 시작하는 엘미라.

……그 모습을 보면 정말로 부모자식 같다. 그러면 안 되지만 흐뭇해진다.

이만큼 애정을 쏟아붓는다면 시즈마가 위험한 사도로 자랄 일은 없겠지.

"──그때 류야가 외쳤다. '지로! 너를 사랑해! 세상 누구보다도!'라고. 류야는 그대로 지로를 쓰러뜨리고 억지로 그 입술을──."

"자작 소설 읽지 마!"

남자끼리의 끈적한 장면을 정감 넘치게 이야기하는 썩은 뱀파이어에게 나는 진심으로 호통쳤다. 참고로 이 작품의 주인공들은 나와 류가가 모델이다.

다른 의미로 시즈마가 위험한 사도로 자랄 우려가 있었다.

제2장 오늘부터 누나입니다

1

이튿날인 일요일. 유키미야와 합류하기 위해 역 앞 광장으로 향하던 길이었다.

나는 결심하고 이번 일을 도철에게 상담해보았다.

상담 상대로서는 무척 불안하지만 현재 상황에서 이야기할 수 있는 사람이 이 녀석밖에 없다. 오늘은 아직 오전 10시인데 웬일로 일어나 있어 아침 식사에도 얼굴을 내밀었다.

'이거 놀랐습니다. 사도 아기라니.'

그러나 말을 꺼낼 것도 없이 도철은 이미 시즈마를 알고 있었다.

생각해보면 당연하다. 이 녀석은 온종일 나랑 행동을 함께하니까. 가끔 무단으로 돌아다니기도 하지만.

'또 기묘한 트러블에 휘말리셨군요. 차라리 이 '이능 배틀 스토리', 나리가 주인공이면 되지 않을깝쇼?'

'웃기지 마. 너, 거울로 자신을 본 적 없어? 스타성이 조금도 없다고.'

내선통신으로 대화하면서 산책로를 걷는다. 약속 시각까지 십 분도 남지 않아서 자연히 걸음이 빨라졌다.

'요즘 세상에 특징 없는 비주얼을 한 주인공은 드물지 않습죠. 개성이 요구되는 건 오히려 히로인들 쪽이라구요.'

'정론이지만 주인공에게도 매력은 빼놓을 수 없어. 이를 테면 너는 내 피겨가 갖고 싶어?'

'필요 없습니다.'

'관절이 움직이고 자유롭게 포즈를 만들 수 있어도?'

'필요 없습니다.'

'다른 얼굴 파츠가 들어있는데? 웃는 얼굴이나 우는 얼굴이나 혀를 빼꼼 내민 얼굴 같은 거.'

'중고로도 필요 없습니다.'

'그것 봐. 나한테는 조연이 어울려.'

'아니, 저는 류가땅 피겨밖에 안 삽니다. 다른 히로인들도 필요 없습니다.'

'관둬. 그 히로인들 중 한 사람과 지금 만날 거니까.'

……나는 오늘 '엘미라 수색'을 유키미야와 하기로 했다.

사실은 어젯밤 쿄카의 병세가 예상보다 더 오래 좋지 않아 류가를 정식으로 수색반에서 제외하기로 결정했다.

쿄카를 걱정하는 건 나는 물론이고 세 히로인도 마찬가지다……. 류가는 그 방침에 좀처럼 수긍하지 않았지만 우리의 설득 메시지 공세로 결국 마지못해 승낙했다.

앞으로의 수색은 네 명이서 하기로 했다. 나, 유키미야, 아오가사키, 쿠로가메가 2인 1조로 두 반으로 나뉘어 순찰하는 형태다.

그런 이유로 오늘의 파트너는 유키미야다.

내일 방과 후에는 아오가사키고 내일모레는 쿠로가메다.

'그보다 문제는 시즈마 건이야. 텟짱, 너는 어떻게 해야 좋을 것 같아?'

'치가야마산에 버리고 오는 건 어떨깝쇼?'

'그런 비정한 짓을 어떻게 해! 만약 버리고 올 거라면 네 놈을 버리지!'

'그러면 차라리 이계에 숨길깝쇼? 저, 단시간이라면 전이할 수 있는데욥?'

'뭣이? 너 자력으로 이계로 갈 수 있어?!'

처음 듣는 얘기다. 하지만 생각하면 불가능한 이야기는 아니다.

사흉이 줄곧 인간계에 있었다면 이계와 【마신】과의 접점이 없지 않은가. 여태껏 인간계에 온 적이 없던 삼 공주는 몇 해나 【마신】과 만나지 못한 것이 된다.

'부활할 때마다 잠깐씩 고향에 돌아갔다 왔는데요? 하지만 혼돈처럼 문은 열지 못하니까 홀로 돌아갈 수밖에 없지만요. 그리고 십 분 정도밖에 못 있어요.'

'그, 그랬구나. 전이란 것이…… 응? 그건 너밖에 하지 못하는 거야?'

'네.'

'그럼 안 되잖아! 시즈마를 데리고 갈 수가 없잖아!'

'아, 정말이다. 나리는 예리하시네요.'

'좀 더 지력을 키워! 하다못해 자신의 설정 정도는 파악해두라고!'

'그런데 나리, 벌써 역 앞이에요. 저는 낮잠 잘 테니까 깨우지 마시라구요.'

그 말을 하자마자 도철은 통신을 끊어버렸다.

알고는 있었지만 전혀 도움이 되지 않는 【마신】이다. 역시 류가한테밖에 흥미가 없는 도철에게 상담하는 게 아니었다.

'하아…… 마음이 무거워.'

──우울한 심정으로 광장으로 가니 이미 유키미야가 기다리고 있었다.

오늘도 그 이름대로 눈처럼 하얀 블라우스와 시폰스커트를 갖춘 청초한 복장이다. 모습만으로 '좋은 집안 아가씨'인 걸 알 수 있는 기품이 감돌았다.

"……아, 코바야시 씨."

내 모습을 발견하더니 손을 살며시 흔드는 '축명의 무녀' 황갈색 긴 생머리가 고개를 숙일 때 어깨에서 스르륵 흘러내렸다.

아름답고 단정한 용모에 품행이 방정하고 성적 우수한 학교의 아이돌……. 그러나 그림으로 그린 듯한 왕도 설정이 최근에 어긋나고 있다는 느낌이 든다.

다른 히로인들의 개성이 강해서 아무래도 묻히기 쉽다. 성격도 그다지 자기주장이 강한 편이 아니다. 가슴도 마찬가지다.

'만든 요리만은 죽을 만큼 맛없지만…….'

그런 사고를 일단 제쳐놓고 나는 유키미야에게 미소로 응답했다.

"기다렸지, 유키미야. 좀 늦었나."

"아뇨, 정각이에요. 코바야시 씨만 괜찮다면 집으로 마중 나가려고 했답니다. 헬리콥터로."

"아니, 우리 집 근처에 헬리포트 없거든."

이런 때 묻지 않은 감각도 그녀의 개성이라고 하면 개성인가.

"그럼 코바야시 씨, 바로 수색을 시작할까요. 먼저 탐문 조사부터…… 앗."

"왜, 왜 그래?"

"죄송해요, 학생 수첩을 깜빡하고 말았어요. 이래서는 탐문이…….'"

"형사가 아니니까 보여주지 않아도 괜찮을 것 같은데."

이런 성실함 때문에 드러나는 천진난만함도 그녀의 개성이라고 하면 개성인가. 그렇게 생각하면 모두와 막상막하로 개성이 강한 것 같았다.

……그 뒤로 적당히 어슬렁어슬렁 돌아다니며 허무한 '엘미라 수색'에 애쓴다. 의욕 제로인 나와는 딴판으로 유키미야는 상당히 기운이 넘쳤다.

"유익한 정보가 좀처럼 들어오지 않는군요. 엘미라 씨,

대체 어디로 가 버린 걸까요……."

"정말로 매정한 뱀파이어구나. 다들 걱정하고 있는데."

내가 한숨을 쉬자 유키미야 역시 한숨을 더했다.

"걱정이 있다면…… 사실은 최근에 또 한 가지 마음 쓰이는 일이 있어서."

"응?"

"월상관과의 대항전이 있던 무렵일까요. 히노모리 군과 레이 씨가——이상하게 사이가 좋아진 것 같습니다."

"…………."

"뭐라고 할까, 지금까지보다 거리가 가까워진 것 같은……. 수색 때도 서로 콤비를 짜고 싶어 하는 느낌이었고……. 혹시 그 두 사람 사귀는 것이 아닐지."

"기, 기분 탓 아닐까?"

그렇게 웃기는 했지만 유키미야의 의심은 완전 정곡이었다.

류가가 여자라는 사실을 아오가사키에게 들킨 이후. 그리고 아오가사키가 자신의 유행에 민감한 취미를 류가에게 고백한 이후.

그녀들은 서로 깊이 공명하여 새로운 우정 관계를 구축하고 말았다.

코스튬 플레이 쇼와 패션쇼라는 어중간하게 비슷한 도락을 즐기기 위해 그 의기투합한 기세가 심상치 않았다. 단둘이 있을 때는 '레이짱', '오류'라고 서로 부르는 것을 나는 알고 있다.

"히노모리 군은 저도 줄곧 동경했으니까…… 복잡한 심경입니다."

"본인들보다 수호신들이 마음이 맞는 것 아닐까? 둘 다 용이잖아."

"하지만 상심하기보다 응원하고 싶은 마음이 강한 자신에게 스스로도 조금 놀랐습니다."

그런 소리를 하더니 유키미야가 살짝 다가왔다. 옆에서 걷던 나와의 간격을 며칠 전 류가처럼 좁혔다.

"틀림없이 코바야시 씨 덕분이에요. 후후, 저는 타산적이군요."

"자, 잠깐만, 유키미야. 류가와 아오가사키 선배는 정말로 아무런──."

계속해서 설득하려 했지만 말문이 막혔다.

두 사람은 연인이 아니다── 그 말을 한다고 해서 유키미야에게 기회가 있는 것은 아니다. 류가가 여자인 이상 히로인들 모두 연인이 될 수 없다.

그렇다고 유키미야가 나랑 그럴싸한 분위기로 흘러가도 곤란하다.

나는 친구 캐릭터로 있고 싶다. 조연의 프로로 있고 싶다. 그러기 위해서라면 죽을 때까지 동정이어도 상관없다는 각오마저 있다.

"죄, 죄송해요 코바야시 씨. 이상한 이야기를 해버려서."

미묘하게 서먹한 분위기가 된 것을 감지하고 유키미야가 허둥지둥 당황한다. 얼버무리려는 듯이 손목시계를 보더니 유키미야는 볼을 붉힌 채 말했다.

"그렇지. 벌써 점심이니까 우선 점심을 드시지 않겠습니까?"

"점심……."

"도시락을 싸왔으니까 공원에 가죠. 오늘은 샌드위치랍니다."

……무엇을 숨기랴, 이거야말로 내가 마음이 무거웠던 가장 큰 이유다.

유키미야가 도시락을 싸오리란 사실은 사전에 예측했다. 일요일 점심에 '축명의 무녀'와 보내는 것이 무엇을 의미하는가……. 모두가 알고 있었다.

그러니까 아오가사키와 쿠로가메는 오늘 순찰에 신속하게 콤비를 짠 것이다. "일요일은 우리 두 사람이 순찰하겠다. 절대로 순찰하겠다. 죽어도 순찰하겠다"며 나를 희생물로 삼았다.

'이 요리 솜씨 없음 속성만은 어떻게든 개선할 수 없을까.'

평소에는 양식 있는 캐릭터가 요리에서는 폭주하고 만다……. 그것이 전형적인 요리 솜씨 없음 속성이다. 그리고 유키미야 시오리는 요리 솜씨 없음 속성의 일인자이다.

"아, 그 전에 마실 거리를 사야 해요. 저기 편의점에 들렀다 가요."

가련하게 미소 지으며 내 손을 끌고 편의점으로 가는 유키미야. 기분이 좋아 흥흥 콧노래까지 불렀다.

'되도록 물을 잔뜩 사두자. 2리터 페트병을 3개 정도…….'

자동문이 열리자 손님이 온 것을 알리는 멜로디와 함께 "어서 오세요"라고 점원이 말한다. 대학생으로 보이는 아르바이트 청년이 아니나 다를까 유키미야를 넋을 잃고 바라보았다.

……그런데 편의점에 들어가자마자 유키미야의 발이 우뚝 멈추었다.

어째서인지 유키미야가 잡지코너 쪽을 향한 채 굳어 있다. 멍하니 입을 벌리고 눈을 동그랗게 뜨고 이상하다는 듯이 앞쪽을 응시하고 있었다.

"유키미야, 왜 그래?"

물으면서 나도 그 시선을 따라간다.

그곳에 만화잡지를 서서 읽느라 정신없는 오메이 고등학교 교복을 입은 소년이 있었다.

중간키에 표준 체형, 평범한 머리 모양의 전국에 칠만 명은 있을 듯한 군중 캐릭터다. 일사불란하게 페이지를 넘기면서 "칫, 한창 좋을 때 끝내다니……" 같은 소리를 중얼거린다.

유키미야가 당황하는 것도 무리가 아니다.

그 녀석은—— 어느 쪽에서 어떻게 보아도 나였으니까.

그렇다, 도철이었다. 조금 전 '낮잠 잘 테니까 깨우지 말라'고 지껄였던 우리의 【얼간이 마신】이었다.

"야 인마! 뭐 하는 거야, 너!"

나는 곧장 호통을 치고 불끈하며 도철에게 달려갔다.

"와왓, 죄송합니다 사장…… 나, 나리?"

이쪽을 본 도철이 여실히 '아차' 하는 표정을 지었다. 이 자식, 역시 처음부터 도망칠 작정이었구나!

"맘대로 돌아다니지 말라고 했지! 잔재주를 부를 거면 하다못해 변장 정도는 해! 유키미야한테 2초 만에 들켰잖아!"

"큭, 완벽한 알리바바 공작이라고 생각했는데!"

"알리바이겠지!"

그런 설교를 퍼붓고 있는데 뒤에서 유키미야가 조심스레 물었다.

"아, 저기 코바야시 씨. 이분은 혹시……."

내 대답보다 빠르게 도철이 잡지를 선반에 돌려놓고 가슴을 폈다.

"오, 오랜만이로군 '축명의 무녀'. 나는 사흉 최강의 【마신】, 도철이다. 또 다른 이름은 코바야시 토테츠로다. 또는 야스케다."

"야, 야스케? 이야기로는 들었습니다만, 정말로 코바야시 씨와 판박이……."

"걱정하지 마. 딱히 나쁜 짓을 할 마음은 없어. 지금의 나는 한창 류가땅과 화해 교섭을 하고 있으니까. 알았으면 그거 넣어둬."

돌아보니 유키미야의 손에는 카구라스즈가 쥐여 있었다.

유키미야는 카구라스즈를 울려서 사도의 움직임을 둔화시킬 수 있다. 아마도 도철에게는 전혀 듣지 않겠지만…….

유키미야가 일단 카구라스즈를 토트백에 다시 넣고 다시금 도철을 빤히 본다.

"도철 님. 나쁜 짓은 하지 않겠다고 하셨지만, 돈을 내지 않고 서서 읽는 행위는 나쁜 짓이 아닙니까?"

"어쩔 수 없잖아. 이달 용돈 벌써 다 써버렸다구."

"어디에 쓰셨지요?"

"군것질이다. 붕어빵, 아이스크림, 크레이프."

"계획성이 너무 없으십니다."

"시끄러워. 매달 2,000엔으로 변통하는 내 기분을 대부호인 네가 알겠어."

"군것질을 삼가고 그 돈으로 만화잡지를 사야죠."

"헹. 주간지도 있고 월간지도 있다구. 전부 사면 2,000엔으로는 부족하단 말이야."

"애초에 【마신】이 만화를 읽는 것 자체가 저는 좋지 않다고 봅니다."

"그런 소리를 할 거면 군것질하는 【마신】은 어떻고! 이상하잖아!"

"스스로 말씀하지 마세요! 그러니까 삼가라고 말했죠!"

……어쩐지 기묘한 말다툼이 펼쳐졌다.

그보다 도철이 그만큼 군것질을 했다면 다시 말해 그만

큼 돌아다녔다는 소리다. 이 녀석에게는 아주 뜨끔한 맛을 보여주어야겠다.

그때 나는 계책이 하나 떠올라 유키미야를 일단 진정시키기로 했다.

"유키미야. 가게 안이니까 그쯤 해두자."

"하지만."

"이러면 어떨까? 친목의 의미로 도철에게도 나눠주지 않을래. 너의 샌드위치."

"네?"

"사실은 이 녀석, 세끼 밥보다 샌드위치를 엄청 좋아해. 샌드위치만으로 밥을 여섯 그릇은 해치울 수 있어."

"샌드위치로 밥을……."

"유키미야의 맛있는 수제 요리를 먹으면 이 녀석도 회개하겠지. 앞으로는 좀 더 용돈을 의미 있게 쓸 거야."

"네, 네에."

"그러니까 부탁해. 이 가엾은 【마신】에게 은혜를 베풀어줘! 네 샌드위치를 나눠줘!"

그렇다. 도철에게 아주 따끔한 맛을 보여주는 수단이 바로 지금 존재했다.

이놈에게 샌드위치를 전부 먹이겠다. 온갖 생물을 식중독에 이르게 하는 악몽 같은 참노일혈(慘怒溢血)을.

……그렇게 편의점을 뒤로한 우리는 셋이서 공원으로 향했다.

유키미야는 여전히 도철을 경계했지만 마지못해 샌드위치 제공을 허락해주었다. 이제는 【마신】이 한입에 실신하지 않기를 기도할 뿐…… 그렇게 되었을 때는 내가 결심하고 다 먹어치우는 수밖에 없다.

　벤치에 앉자마자 유키미야가 토트백에서 런치박스를 꺼낸다.

　겉모습만은 멀쩡한 샌드위치가 나타나자마자 도철이 눈을 빛냈다.

　"오오~ 꽤 맛있어 보이잖아. 먹어도 돼?"

　"본의는 아니지만 하는 수 없군요. 저는 주리에게 빚이 있고…… 주인인 당신에게도 그 답례를 해야 하니까요."

　"그럼 잘 먹겠습니다!"

　——하지만 그때 이변이 일어났다.

　도철이 우적우적 평범하게 샌드위치를 먹고 있다.

　거품을 무는 일 없이, 쓰러지는 일 없이, 아나필락스 쇼크를 일으키는 일 없이 맛있게 베어 먹는다.

　'어, 어떻게 된 거지?! 어째서 살아 있지?!'

　경악하는 나를 내려두고 샌드위치가 점점 줄어든다.

　……설마 유키미야, 요리 솜씨가 늘었나? 그렇지 않으면 이 불가사의한 상황이 설명되지 않는다.

　"나리, 빨리 먹지 않으면 없어짐다."

　"으, 응……."

　도철이 복스럽게 먹는 모습에 유키미야의 얼굴이 금세

희색이 넘쳤다. 입가가 풀어지고 콧방울이 벌름벌름 부푼다. 학교 아이돌이니까 코에는 신경 쓰기 바란다.

"저, 저기 도철 님. 그렇게 맛있습니까?"

"특이한 맛이지만 나쁘지 않아. 배도 고팠고."

"감자 샐러드도 있어요. 괜찮다면 드세요."

"오, 먹어도 돼? ……응, 이것도 맛있군. 제법이잖아 유키미야."

"감사합니다! 후훗, 도철 씨도 그렇게 급하게 드시지 않아도……. 볼에 머스터드가 묻었는걸요?"

조금 전까지의 태도가 거짓말이었던 것처럼 생글생글 웃는 얼굴로 【마신】을 대하는 유키미야. 이렇게까지 자신의 요리를 호쾌하게 먹어준 사람은 아마도 처음일 것이다.

'하나 정도…… 먹어볼까?'

어느새 나는 하나 남은 샌드위치에 손을 뻗고 있었다.

불안하기는 하지만 유키미야 시오리의 요리 솜씨 없음 속성이 개선되었다면 낭보다. 엘미라에 쿄카…… 요새 걱정스러운 일이 이어졌으니 다들 밝은 뉴스를 원할 것이다.

'샌드위치는 그렇게 어려운 요리가 아니야. 최소한 먹을 수 있는 물건이라면 앞으로는 샌드위치만 만들게 하면 돼!'

스스로 용기를 북돋우며 나는 작정하고 샌드위치를 물었다. ──그리고.

쓰러졌다. 역시 엄청 맛없었다. 샌드위치는 역시 참노일혈이었다.

아득해지는 의식 가운데 두 사람의 화기애애한 목소리
가 들린다.

"저, 도철 씨를 오해했어요. 또 만들어 올 테니 먹어주실
래요?"

"좋지. 나는 '뭐든 먹는 텟짱'으로 유명하니까. 바위도 먹
은 적 있어."

……차라리 이 두 사람 사귀는 게 낫지 않을까. 유키미
야의 요리를 태연히 먹을 수 있는 건 분명히 이 세상에 도
철밖에 없을 테니까.

몽롱한 정신으로 그런 생각을 하면서 나는 잠시 삼도천
을 헤맸다. 할아버지·코바야시 키하치로가 또 저편에서
손을 흔들었다.

"이치로. 너, 요새 자주 오는구나"라고 말하면서.

2

다행인지 불행인지 유키미야와의 '엘미라 수색'은 그대
로 끝이 났다.

기절한 나를 "코바야시 씨, 피로가 쌓이셨군요. 보충과
과제도 있었고……"라며 엉뚱한 배려심을 보이며 유키미
야는 홀로 수색을 가버렸다.

'좀 미안한 감도 있지만 해방된 건 고맙군. 저녁까지는
일어날 수 있어야 하는데…….'

나에게는 오늘 아직 예정이 남아 있다. 물론 엘미라에게 들르는 일이다.

참고로 도철은 배가 불러서 정말로 낮잠을 잔 모양이다. 나중에 들은 바로는 역시 샌드위치는 그다지 맛있지 않았던 듯하다.

"그래도 뭐, 못 먹을 정도는 아니었어요. 바위에 비하면."

태연히 그렇게 말한 【마신】을 처음으로 존경하고 말았다.

생각하면 도철은 디저트를 맛있다고 느끼는 미각을 제대로 가지고 있다. 그런데도 유키미야의 암흑 요리를 칭찬한 것은 도철 나름대로 상대에게 다가서려는 배려심이었는지도 모른다.

'예상 밖의 형태로 유키미야와 격을 허물다니······.'

공원 벤치에서 두 시간쯤 안정한 다음. 나는 두통과 구역질을 견디면서 간신히 엘미라의 집에 도착했다.

"──잘 다녀왔나요, 코바야시 이치로? 어머나, 오늘은 안색이 심히 나쁘군요."

마중 나오자마자 어린애를 안은 뱀파이어 소녀가 그런 소리를 한다. 걱정해주는 건 좋지만 "잘 다녀왔어?"는 하지 마.

"봐~봐 시즈마, 아빠가 와쪄요."

엘미라의 말에 시즈마가 "아우아우" 하고 대답한다. 이어서 나를 향해 작은 양손을 필사로 뻗었다. 오늘은 기분이 좋은 것 같다.

"엘미라. 나는 아빠가 아니야. 그 애의 아빠는 히데오 씨라고. 그리고 엄마는 레이다야."

"까다로운 남자는 인기가 없어요."

"그보다 별일 없었어? 언제 궁기의 부하 사도가 습격해올지 모르니까 절대로 방심은 하지 마."

"문제없어요. 그보다 보세요. 코바야시 이치로. 시즈마가 벌써 유치가 제법 났어요."

"유치가? 그러고 보니 벌써 머리카락도 상당히 숱이 많군……."

내가 읽은《아기 완전공략 가이드》를 믿는다면 평균적인 아기보다 상당히 성장이 빠르다. 역시 사도이기 때문일까. 아니면 뱀파이어이어이기 때문일까.

'얼굴도 어딘지 더 남자다워진 것 같아. 그저 내가 좋게 보는 건지도 모르지만.'

엘미라의 재촉에 이번에는 내가 시즈마를 안는다. 볼을 쿡쿡 찌르자 복수하듯이 내 얼굴을 찰싹찰싹 만졌다. 이미 손가락의 손톱도 모양을 갖추었다.

……아기의 손이란 어쩜 이리 작고 귀여울까.

이런 귀여운 아이를 흉포한 사도 따위로 만들고 싶지 않다. 가능하다면 장차 의사나 장관으로 키우고 싶다. 틀림없이 이 아이는 영특할 테니까.

'수업이 없으면 낮에도 올 수 있을 텐데……. 우리 학교는 육아 휴직은 낼 수 없나?'

곧 시즈마가 잠이 들어서 살며시 아기 침대에 옮긴다. 그 사랑스러운 잠자는 얼굴을 한동안 나란히 바라보는 나와 엘미라.

"하아…… 잠자는 모습이 정말 천사 같아요."

"그래. 그야말로 천사다."

"총명함과 고귀함이 넘쳐나요."

"추가로 스타성도 있어. 주인공다운 모습이야."

뱀파이어 소녀의 표정이 완전히 푹 빠져서 풀어졌다. 아마 나도 똑같은 표정을 짓고 있으리라 판단된다.

"이렇게나 잘생겼는걸요. 유치원과 초등학교에서는 분명히 하렘을 만들 거예요. 저는 그거 하나가 마음에 걸려요……."

"그렇겠군. 하지만 시즈마라면 모두를 평등하게 사랑할 수 있지 않을까. 그만한 그릇이 이 아이에게는 있어. 분명히 있어."

원래는 지적해야 할 부분이지만 나는 동참하고 말았다. 더블 얼간이가 되는 걸 알면서도 엘미라에게 동의했다.

왜냐하면 시즈마는 진짜로 사랑스러우니까. 나를 보면 늘 손을 뻗어오는걸. 어쩌면 이 아이는…… 나를 진짜 아빠라고 생각하는 거 아닐까?

그런 억측으로 고양된 임시 아빠 옆에서 임시 엄마가 한숨을 푹 쉰다.

"하지만 언젠가는 한 사람을 정해야죠. 언젠가 시즈마가 애인을 데리고 왔을 때…… 저, 울어버릴지도 몰라요."

"마음 단단히 먹으라고 아기 엄마. 그래서 어쩌려고 그래."

"그렇죠, 아기 아빠……. 시즈마가 고른 상대인걸요. 틀림없이 멋진 남자친구일 거예요."

"여자친구겠지."

"시즈마에게 지지 않는 잘생긴 남자친구일 테니까요……."

"여자친구 말이지."

"아이는 누가 낳을까."

"새삼 내가 지적하게 하지 마! 치사하잖아!"

"조용히 하세요! 시즈마가 눈을 뜨잖아요!"

"너야말로 시즈마가 눈을 뜨면 어쩔 거야! 그쪽 취향으로!"

또다시 유사 부부싸움이 시작된다. 최근에는 시즈마도 익숙해졌는지 어지간한 말싸움으로는 일어나지 않는다.

"됐으니까 저녁을 만드세요! 그리고 얼른 돌아가세요!"

"시즈마를 독차지할 셈이냐! 애초에 밥 정도는 직접 만들어!"

"샌드위치면 돼요!"

"내 앞에서 샌드위치 이야기하지 마!"

잠시 뒤. 나는 하는 수 없이 냉동 볶음밥을 볶고 나서 미련을 남긴 채 맨션을 나왔다.

아무튼 시즈마의 잠자는 얼굴을 폰카로 잔뜩 찍어두었다. 하아, 귀여워.

"……그런가. 역시 어제는 시오리의 수제 요리에 희생되고 말았나."

이튿날. 나는 수업이 끝나자 아오가사키와 만나 거리 순찰을 나섰다.

도중까지 류가도 함께였지만 5분 전쯤 헤어졌다. 류가는 그대로 집으로 바로 돌아가 쿄카의 간병을 해야 한다.

"하지만 놀랍군. 【마신】이라지만 그 요리를 전부 먹을 수 있는 자가 있다니……."

"맞아요. 맛이 없기는 한가 보지만."

"그래도 대단해. 역시 사흉(四凶) 정도 되면 정신력도 차원이 다르군."

자신의 턱을 만지며 감탄하듯이 신음하는 '참무의 검사'.

허리까지 닿는 포니테일이 변함없이 아름답다. 큼직하게 달린 G컵이, 걸을 때마다 작게 출렁인다. 이만큼 크면 아기도 필시 빠는 보람이 있겠지.

"시험 삼아 한번…… 빨게 해주면 안 되나."

그런 내 사고는 무의식중에 목소리로 나와버린 모양이다.

그 즉시 아오가사키가 흠칫 놀라 눈을 부릅뜨고 나를 보았다. 곧바로 자신의 가슴을 끌어안듯이 숨기고 귀까지 새빨개져서 언성을 높였다.

"무, 무, 무슨 말을 하는 거야 너는! 어디를 보는 건가!"

"아, 아니, 아니에요, 내가 빠는 게 아니라……."

"키스도 아직이건만 그런 짓을 허락할 리가 없지!"

"오해예요! 야한 의미가 아니라 진지하게 말한 거예요!"

"진지하게 빨아도 곤란하다! 나는 어쩌란 거냐!"

"떳떳하지 못한 마음은 전혀 없었어요! 내가 말한 건 올바르게 본래의 의미에서 젖가슴 공식 규칙에 의거해⋯⋯."

"뭐야 젖가슴 공식 규칙이! 이 호색일대남!"

아오가사키가 이하라 사이카쿠(일본 에도시대 소설가)의 대표작으로 욕을 퍼부으며 있는 힘껏 내 귀를 잡아끌었다. 기르는 개를 혼낼 때도 때리지 말고 귀를 꼬집으면 좋다고 한다.

"됐으니까 엘미라 수색을 계속한다. 힘차게 걸어."

"아야야야! 귀, 귀가 찢어진다!"

그 상태로 아오가사키가 걷기 시작해서 나는 어쩔 수 없이 끌려갔다.

주위의 시선이 따갑다. 그러나 한편으로는 이렇게 아오가사키에게 변태 근성을 야단맞기는 오랜만인 것 같다. 친구 캐릭터였던 그 시절의 나는⋯⋯ 무척 반짝였다.

"⋯⋯네가 정말로 꼭 그러고 싶다고 한다면."

그러자 거기서부터 몇 미터 나아간 곳에서 아오가사키가 귀에서 손을 떼었다.

나랑 시선을 마주치려고도 하지 않고 퉁명스럽게 말한다. 아오가사키답지 않은 우물거리는 말투였다.

"다음에 개인적으로 우리 집에 왔을 때, 가볍게 만지는 정도라면 허가하지."

"……네?"

"저, 정말 살짝 터치만 하는 거야. 물론 옷 위로."

"아오가사키 선배, 무슨 말을…….."

"벌써 나도 고3이야. 고등학교 마지막 가을에 그런 체험을 해도 괜찮겠지."

……엄청난 허가가 떨어지고 말았다.

불의의 접촉 사고가 아니라 오픈 터치를 허락받고 말았다.

"잠, 잠깐만 기다리세요! 아무리 그래도 그건 곤란해요!"

"아니. 사실은 나도 늘 생각했다. 그런 행위에 조금씩 익숙해져야 한다고."

"남자에게 정신 팔리지 마세요! 그랬다가는 아버님이 우세요!"

"그 아버지께 한 말 들었단 말이다. '수행도 좋지만 슬슬 남자친구라도 하나 만들면 어떠냐. 네 가슴은 장식품이냐'라고."

아버지가 부추겼다. 가슴으로 부추겼다.

참고로 아오가사키의 부친은 심각해진 요통이 좋아져서 은퇴를 일단 철회했다고 한다. 지금은 목도를 휘두를 정도로 회복해 사범으로도 복귀했다고 한다.

그런 이유로 도장을 이으려던 아오가사키는 서둘러 진학하기로 한 듯하다. 가까운 전문대 일반 입시를 보기로 했다.

"아오가사키 선배, 들어주세요. 아시다시피 지금의 나는 류가의 '연애 수행'을 함께하고 있는 몸이에요. 바람을 피울 수는 없습니다!"

"그건 어디까지나 수행이지? 물론 이해해. 류가의 처지를 생각하면 그 마음은 아플 만큼 잘 알아……. 그러니까 코바야시와의 관계도 나는 일부러 덮고 있다. 류가를 상처 입히고 싶지 않으니까."

그건 상당히 고맙지만 그렇다고 아오가사키의 가슴을 터치해도 된다는 이야기가 아니다. 터치한 그 순간 나는 곧장 '아오가사키 엔딩'으로 갈 것이다.

그것만은 피해야 한다. 주무른 순간 끝장, 유 캔트 스톱이다.

"그런 이유로 계속해서 류가의 남자친구 '역할'을 열심히 해줘. 자, 이번에야말로 잡담은 끝이다. 엘미라를 찾자."

……그로부터 두 시간쯤 걸쳐 우리는 번화가를 중심으로 돌아다녔다.

당연하지만 수확 없이 그대로 아오가사키를 집까지 바래다주고 오늘의 수색을 마쳤다. 문 앞에서 헤어질 때 그녀는 걱정스러운 얼굴로 한숨을 쉬었다.

"정말이지 그 말괄량이…… 어디에서 무얼 하고 있는지."

"역시 걱정되나요?"

"당연하지. 얄미운 소리만 하는 놈이지만 엘미라와는 전장에서 몇 번이나 서로 의지하고 도움을 받은 사이니까. 엘미라를 찾을 때까지는 수색을 멈출 생각은 없다."

슬슬 본격적으로 양심에 가책을 느꼈다.

이렇게 되면 근시일 중에 어떻게든 엘미라를 설득하는 수밖에 없다. 모두에게 언제까지나 헛수고인 수색을 시켜서는 안 된다.

"코바야시, 바래다줘서 고맙다. ……아, 그렇지, 줄곧 말하는 걸 잊고 있었다만, 도철에게도 감사 인사를 전해주지 않겠나?"

"감사 인사요?"

"월상관과의 대항전에서는 일단 우리를 위해 싸워줬으니까. 예의는 지켜야지."

"감사 인사가 아니라 클레임을 걸어야 하는 거 아닌지……."

그 대항전은 도철이 엉망으로 만들어버렸다. 뭐, 그 녀석을 시합에 내보낸 나에게 책임이 있지만.

"불만 따위 없어. 그 대항전은 애초에 간장(奸將)・바론이 꾸민 짓이었으니까. 어차피 평범하게 끝나지는 않았겠지."

"간장・바론……."

그러고 보니 '나락의 팔걸' 중 한 사람인 론은 스스로를 '간장'이라 칭했다. 아무래도 장군급 사도에게는 저마다 이명이 있는 듯하다.

아마 미온은 '남장(嵐將)'이라 불렸던가. 그런 이명이 있는 건 적 캐릭터로서 상당히 좋다고 본다. 자칭인지 타칭인지는 모르겠다만.

'그렇다면 주리랑 키키에게도 이명이 있으려나? 음란장

군이나 꼬마장군 같은.'

그런 생각을 하면서 나는 집으로 돌아갔다.

참고로 오늘은 엘미라에게 갈 예정은 없다. 삼 공주에게도 의심받고 있어서 가끔은 일찍 집으로 돌아가기로 했다.

'시즈마, 나를 만나지 못해서 쓸쓸해 할까. 내일은 꼭 갈게.'

——하지만 그날 밤에 사건은 일어났다.

게다가 나는 그것을 생각지도 못한 상대에게 듣게 되었다.

나의 '친구 캐릭터'로서의 아이덴티티까지—— 크게 흔들리는 형태로.

3

"이치로 군. 잠깐 여기 앉아봐."

저녁 식사 후. 거실로 가려던 나를 갑자기 미온이 불러 세웠다.

새삼스레 찌푸린 얼굴로 방석을 탁탁 가리키는 백로 사도. 거부하지도 못하고 순순히 따르기로 했다.

……용건은 대강 예상이 갔다. 최근 나의 거동을 삼 공주는 역시 수상하게 여긴 것이리라.

'하지만 확실한 증거는 없을 거야. 괜찮아, 얼버무릴 수 있어.'

자리에 앉으니 눈앞에는 머리를 옆으로 묶은 차녀뿐 아니라 금발 장녀도 있었다. 바가지 머리 막내만은 흥미가 없는지 텔레비전에 몰입해 있다.

"뭐, 뭐야, 엄청 새삼스레."

"이치로 군 말이야…… 우리한테 뭐 숨기고 있지 않아?"

몸을 쑥 내밀고 미온이 단도직입적으로 묻는다. 사나운 눈을 반쯤만 뜨고.

예상대로의 전개다. 하지만 시즈마 일을 털어놓을 수는 없는 노릇이다. 아직 함구령은 풀리지 않았다.

"벼, 별로 숨기는 거 없어. 말했지? 집에 늦게 들어오는 거는 엘미라를 찾느라 그런 거지……."

"그럼 이건 뭐야?"

그렇게 말하며 미온이 내 앞에 책 한 권을 두었다. 아니나 다를까 그 책은 《아기 완전공략 가이드 ~당신도 오늘부터 육성 프로다》였다.

'어, 어째서 여기에! 침대 밑에 숨겨뒀는데!'

평정을 가장했지만 내심 절찬 당황 중이었다. 부모에게 19금 책을 들킨 중학생의 심경이었다.

"어째서 이런 책을 읽는 거야? 설마 이치로 군……. 숨겨둔 자식이 있니?"

"그럴 리가 없잖아! 조금 흥미가 있었을 뿐이야! 아기 플레이에!"

"그럼 이치로 님. 이건 뭘까요?"

이어서 주리가 나에게 뭔가를 들이댄다. 놀랍게도 주머니에 있었을 내 휴대전화였다. 저녁을 먹는 사이에 빼간 건가?!

"이 아이는 어느 집 아이인가요?"

내민 휴대전화 화면에는── 새근새근 자는 시즈마가 찍혀 있었다.

그렇다. 나는 현재 대기화면을 폰 카메라로 찍은 시즈마로 해두었다.

경솔했다. 너무 사랑스러워서 그만 실수를 저지르고 말았다……. 이래서야 설마 컴퓨터 폴더도 뒤진 것 아닌가? '여자 배구부 엉덩이'로 폴더명을 위장한 시즈마 보물 화상집을!

"아, 아니야. 이건 어릴 적의 나야. 태어났을 때의 초심을 잊지 않으려고 화면을 이 사진으로 한 거야."

필사로 그렇게 해명하자 주리의 눈빛이 더욱 날카로워진다. 개구리를 보는 뱀의 눈이었다.

"컴퓨터에도 같은 아기 사진이 여럿 있었습니다. 날짜를 보면 아무래도 최근에 찍으신 듯하옵니다만."

역시 컴퓨터도 들켰어! 위장도 다 꿰뚫어 봤어!

'제길, 전에 이 녀석들에게 컴퓨터를 자유롭게 써도 된다고 하는 바람에……!'

이를 가는 나를 무시하고 킹코브라 사도는 더욱 격하게 말했다.

"사진에는 하나하나 이름까지 붙어 있었죠. '코 자는 시즈마땅', '뒤척이는 시즈마땅', '햄토리 시즈마땅', '시즈마땅 포스 각성' 등등."

발표하지 마! 괜히 엄청나게 부끄러우니까!

"이치로 군. 시즈마가 누구야?"

"누구인가요? 시즈마땅이란 게."

두 사람이 쏘아붙여 나는 그저 허공을 보며 동공 지진이
났다. 어느새 무릎을 꿇고 앉아 있었다.

······큰일 났다. 이대로는 자백하는 것도 시간문제다.

누군가 구해줘. 그렇지, 도철을 불러서······ 아니 안 되
지. 그 녀석의 지력으로는 도저히 변호인 따위 맡지 못할
것이다.

"도, 돈가스 덮밥을 주지 않으면 자백할 마음이 들지 않
겠는걸."

"조금 전에 저녁밥 먹었잖아."

"피, 피고에게는 묵비권이란 게 있다고."

"물증이 있는 이상, 묵비권 행사에는 큰 의미가 없습니
다. 오히려 솔직하지 않아서 형량이 무거워지는 경우도 있
지 않던가요."

내 관자놀이에 땀이 흐른다.

지푸라기라도 잡는 심정으로 키키에게 시선을 보내자
에조늑대 사도는 텔레비전에 정신이 팔렸다. 질리지도 않
고 《스펙터클맨》 녹화를 재생하고 날뛰는 괴수에게 콧김
을 내뿜고 있다.

이제 회피할 방법은 바닥났나—— 그렇게 생각한 순간.

부엌 쪽에서 벨소리가 들렸다. 집 전화기가 울린 것이다.

"전화다! 받아야지! 미안하지만 이야기는 여기까지 하자!"

구조선이라도 만난 것처럼 나는 전광석화로 거실을 탈출했다.

다행히도 미온과 주리는 쫓아오지 않았다. 집에 걸려 온 전화는 받지 않아도 된다……. 나는 평소에 삼 공주에게 그렇게 말했다.

집 전화는 좀처럼 울리는 일이 없는데 훌륭한 타이밍이다. "여보세요, 코바야시입니다"라고 말하기 전에 "감사합니다! 코바야시입니다!"라고 말하고 싶었다.

'누구인지는 모르겠지만 살았다. 뭐, 집으로 전화하는 사람이면 부모님이겠지……. 그 두 분, 지금은 어느 나라에 계시지?'

내 부모님은 맞벌이로 골동 미술을 다루는 일을 한다. 둘이서 세계 각지를 돌아다니다 일 년에 단 며칠만 돌아온다……. 그런 상태가 벌써 3년이 넘었다.

하지만 쓸쓸하다고 느낀 적은 특별히 없다.

다달이 그럭저럭 큰돈의 생활비가 들어오고, 나를 신뢰하기에 집을 비우는 것도 알고 있다. 그보다 삼 공주가 있는 지금 돌아오면 곤란하다.

'아무튼 되도록 이야기를 끌어야지. 잘못 걸린 전화라도 이십 분은 얘기를 나누게 하겠어!'

전화벨이 울리다 그치는 것을 우려하며 서둘러 주방 구

석에 있는 전화에 달려들었다.

즉시 수화기를 귀에 대자 이쪽보다 먼저 상대방이 떠들었다.

"얏호, 코바야시 소년. 숙제 잘하고 있나?"

"…………."

아이의 새된 목소리였다. 게다가 엄청 친한 척했다.

아마도 초등학교 고학년 정도인 듯한데 짐작 가는 상대가 없다. 친척 집에 애가 있었던가? 너야말로 숙제는 했냐.

"이렇게 이야기하기는 처음이네. 나는 궁기! 사흉 중 한 사람이야!"

"뭐——."

이어서 떠든 자기소개에 나는 수화기를 귀에 댄 채 굳었다.

궁기라고? 그 말인즉【마신】궁기인가? 제3부의 최종 보스가 왜 우리 집에 전화를 하지? 게다가 쇼타 캐릭터라고?!

"너…… 진짜로 궁기야?"

"응, 진짜! 너랑은 한번 제대로 이야기해보고 싶었어. 여러 가지로 뒤에서 애쓰고 있는 것 같아서, 수고가 많아!"

"뒤에서 애쓰고 있어……?"

"바론이 꾸민 대항전에서도 엄청 활약했지! 그리고 지금은【주작】과 함께 사도의 아기를 보살피고 있어…… 정신 없이 바쁘잖아! 하지만 말이지."

수다스럽게 떠드는 목소리가 갑자기 뜸을 들인다.

그러더니 【마신】궁기는 나를 경악시킬 말을 던졌다.

"아마도 이 이야기는—— 네 생각처럼 진행되지는 못하지 않을까. 코바야시 소년이 조역으로 머무는 건 아마도 불가능하다고 생각하는데?"

"뭐, 뭐야?"

그건 무슨 의미지. 내가…… 조역으로 있을 수 없다고?

"내가 생각했는데 말이지. 이 이야기의 배역은 벌써 결정된 게 아닐까. 아무리 네가 발버둥 친다고 해도 소용없는 거 아니냐고."

내 심장의 고동이 점점 빨라진다. 수화기를 쥔 손에 땀이 났다.

설마 이 녀석…… 아는 건가? 내가 친구 캐릭터 지망이란 사실을. 그 포지션으로 돌아가고 싶어 한다는 것을.

어째서지? 도철이라면 모를까 어째서 궁기가 알고 있지? 혹시 이 녀석—— 이 세계를 약간 메타적으로 보고 있는 건가?! 그런 말도 안 되는 일이 있나?!

"그러니까 이번 기회에 그만 빼앗아버려. 주인공의 자리를—— 히노모리 류가에게서."

"우, 웃기지 마!"

어느새 나는 있는 힘껏 소리 지르고 있었다. 내 내부에서 "으아악!" 하고 도철이 벌떡 일어나는 기척이 났지만 지금은 거기에 신경 쓸 여유가 없다.

"나는 류가의 친구다! 그게 내 베스트 포지션이야! 최근에는 살짝 성가신 처지가 되었지만 반드시 원래의 친구 캐릭터로 복귀할 거야!"

"그렇게까지 친구에 집착할 건 없지 않아? 나 같으면 네가 주인공인 쪽이 재미있을 것 같은데."

"이봐, 똑똑히 들으라고! 주인공은 류가! 나는 그 친구! 그리고 네놈은 제3부의 최종 보스다! 잘 들어, 퇴치당하면 거짓말이라도 개심하고 이후에는 류가에게 조력하는 존재가──."

"아, 그렇지. 【주작】 소녀가 위기 상황이야."

내 말을 무시하고 또다시 궁기가 뜻밖의 말을 내뱉는다. 이기적인 토크, 그야말로 어린애다. 그딴 말을 할 때가 아니다.

"에, 엘미라가 위기……?"

"응! 내 부하인 장군 히가이아가 그녀의 맨션을 습격하러 갔으니까. 부하를 서른 명 정도 데리고 말이지! 목적은 물론 아이 탈취와 【주작】의 말살이야!"

스스로도 핏기가 가시는 게 느껴졌다.

사도가 습격하러 갔다? 게다가 장군급이 서른 명이나 되는 부하를 거느리고?

"빨리 도우러 가야 하지 않을까? 그러라고 전화한 거야."

"네놈…… 대체 무슨 꿍꿍이야."

"안녕! 너의 얼간이 【마신】에게도 안부 전해줘!"

마지막까지 일방적으로 자신이 하고 싶은 말만 하고 통화는 뚝 끊겼다.

"어이 이봐! 여보세요! 여보세요!"

끊긴 전화에 계속해서 말을 거는 뻔한 짓을 한 직후. 나는 곧장 몸을 틀었다.

여전히 혼란스럽지만 궁기의 일은 아무래도 좋다. 일단 지금은 서둘러야 한다……. 엘미라가, 시즈마가 위험하다!

'나, 나리, 왜 그러세요? 조금 전 전화 누구였어요?'

복도를 돌진하는 나에게 도철이 내선으로 묻는다. 시각은 이미 8시. 바깥은 완전히 깜깜할 것이다.

'잔말 말고 따라와! 긴급 사태다!'

'갑자기 큰소리를 질러서 깜짝 놀라 일어나버렸잖아요. 모처럼 류가땅과 꿈에서 아기 플레이를 하고 있었는데……. 빠부빠부, 따아따아 하고.'

'시끄러워! 말 받아칠 여유 따위 없어!'

'들어주세요 나리. 제가 '빠부빠부 텟짱 배고빠. 찌찌 줘'라고 말했더니 류가땅이 '정말이지 하는 수가 없군' 하고 E컵을——.'

'적당히 해! 지금은 시리어스 파트라고!'

나는 멍청이 【마신】에게 호통치고 거실로 돌아가 주리에게서 휴대전화를 잡아챘다. 엘미라에게 전화했지만 역시 전원은 꺼진 상태였다.

곧바로 현관으로 질주하는 나를 미온과 주리가 허둥지

둥 불러세운다.

"자, 잠깐만 이치로 군! 무슨 일이야?"

"이치로 님, 어디에 가시는 건가요?"

뒤에서 외친 두 사람의 목소리에 나는 반응하지 않았다. 설명할 시간이 아깝다.

하필이면 오늘 맨션에 가지 않았던 것을…… 격렬하게 후회했다.

4

맹렬히 달려서 맨션으로 뛰어 들어갔다. 그러나 그곳에 엘미라와 시즈마의 모습은 없었다.

둘러보니 실내에서 전투가 벌어진 흔적은 없다. 적의 습격을 감지하고 재빨리 이곳을 벗어났는지도 모른다.

'도망쳤다면…… 근처의 공동묘지인가!'

나와 엘미라는 예기치 못한 사태에 대비해 몇 가지 합류 지점을 정해두었다.

하천부지, 폐공장, 그리고 공동묘지…… 그중에서 공동묘지는 여기에서 가장 가깝다. 가볼 가치는 있겠지. 내 걸음이면 삼 분도 걸리지 않을 것이다.

서둘러 집을 나와 계단을 달려 내려가면서 도철에게 대강 상황 설명했다.

'헤에, 궁기 녀석이……. 일부러 습격을 알리다니 무슨

속셈일깝쇼? 그보다 누가 그릇이에요?'

'글쎄. 그런 것보다 텟짱, 궁기가 말한 히가이아는 어떤 사도지? 나름대로 센 편이야?'

'히가이아라. '나락의 팔걸' 중 한 명이네요. 분장(憤將)이라고 불렸던 만큼 하여간 간에 숨 막히게 더운 놈인데 말입죠. 게다가 잉어형인 주제에 수영을 못해요.'

'너, 이길 수 있어?'

'아, 너무해. 이래 봬도 나는 【마신】이라구요? 심지어 사흥 최강이라구요? 팔걸과 삼 공주가 다 함께 덤벼도 코 파면서 물리칠 수 있다굽쇼.'

'언제나 미온 한 사람에게 움츠러들어 있잖아.'

'그, 그건 어쩔 수 없잖아요. 지금 용돈 인상 협상 중이니까⋯⋯.'

'가끔은 【마신】다운 용맹한 모습을 보고 싶다.'

'알겠습니다! 히가이아는 내가 쓰러뜨립죠! 하면 되잖아요!'

이동 시간을 이용해 자연스럽게 도철의 의욕을 끄집어내는 데 성공했다.

잔챙이 서른 명은 나와 엘미라면 어떻게든 된다. 지휘관인 히가이아만 쓰러뜨리면 전부 무너지는 것도 기대할 수 있으리라.

⋯⋯얼마 안 있어 공동묘지가 보이기 시작했다. 역시 빙고였던 모양이다.

엄청난 숫자의 사기가 입구에 이를 필요도 없이 찌릿찌릿 전해진다. 그 안에 한층 커다란, 묘한 열량을 지닌 사기가 있었다. 틀림없이 이 녀석이 분장 히가이이다.

'그래, 확실히 벅차 보이는 놈으로군. 이 녀석은 텟짱에게 맡기고……. 나는 먼저 엘미라와 시즈마를 구출하는 데 힘쓰자.'

공동묘지에 들어서는 좁은 길을 나아가자 이번에도 땅바닥에 나뒹구는 사도의 잔해와 몇 번이나 마주쳤다. 엘미라의 소행임은 의심할 여지가 없다.

'엘미라에게는 요새 날마다 혈액을 보급했어. 에너지가 바닥날 일은 없을 거야.'

――그리고 몇십 초 후. 나는 전투 현장에 도착했다.

일전에 엘미라와 만난 조금 큼직한 십자로. 그곳에 갖가지 모습을 한 유상무상의 이형 괴물이 꿈틀댔다. 코뿔소형, 게형, 지네형…… 일일이 셀 수 없을 만큼 많다.

그들이 포위한 사람은 가슴에 아기를 매단 붉은 머리카락의 뱀파이어 소녀. 다행이다, 아무래도 두 사람 다 무사했던 모양이다.

"엘미라! 다치지 않았어?"

나의 외침에 엘미라가 놀라서 나를 돌아본다. 그 표정에 환희와 안도가 떠오른 것을 알 수 있었다.

"코바야시 이치로! 와주었군요!"

대답하는 대신에 나는 기세를 올려 뛰어올라 탄 묘석을

다시 박차고 사도 무리를 단숨에 뛰어넘어 엘미라 옆에 쿵 하고 착지했다.

갑작스럽게 등장한 평범한 남고생에게 사방의 사도들이 일제히 술렁였다.

"이 꼬맹이는 뭐야? 【주작】의 동료인가?"

"그렇다면 이 녀석도 '상암의 혈족'인가. 그런 것치고는 신통치 않은 비주얼인걸."

"이런 표준 이하의 얼굴을 한 뱀파이어가 있다니……."

제멋대로 실례되는 말을 하는 이형의 존재들.

그런 그들을 밀어젖히고 거한 하나가 성큼성큼 나왔다.

온몸이 중후한 비늘로 덮인, 겉보기에 생선 같은 사도다. 히가이아로 보이는 그 녀석은 두 눈에 전의를 활활 불태우며 부동명왕 같은 형상으로 호통쳤다.

"무엇이냐 네노오옴! 방해하지 마라아아아!"

엄청나게 화내고 있었다. 듣던 대로 숨 막히게 뜨겁다.

역시 분장이기 때문일까……. 아니면 내가 도착하기 전에 엘미라에게 무슨 말을 들은 걸까. 이 뱀파이어, 얄미운 소리가 특기니까.

"이봐. 네가 대장인 히가이아로군?"

일단 그렇게 확인해보자 그 녀석은 순순히 고개를 끄덕였다.

"그렇다아아! 내가 바로 '나락의 팔걸' 중 한 사람! 분장 히가이아다아아! 이곳에 뻔뻔하게 나타난 이상 네놈도 죽여주마아아아!"

아무래도 이게 일상 모드인 듯하다. 용케 지치지 않는 것이 신기하다.

"코바야시 이치로, 조심하세요. 이런 캐릭터지만 상당히 버거운 상대예요."

"느어어! 이런 캐릭터라니 뭐냐아아! 나를 우롱하는가 '상암의 혈족'오오오!"

"당신, 조만간 혈관이 터지겠어요."

"쓸데없는 걱정은 하지 마라아아! 나는 언제나 냉정하고 침착하다아아아!"

……이제 됐어. 히가이아 캐릭터는 충분히 만끽했다. 벌써 포화 상태다.

다행히 시즈마는 잠든 것 같고, 얼른 해치우고 돌아가자. 그리고 이번 기회에 류가에게 상담하도록 엘미라를 설득해야겠다.

"텟짱. 준비는 됐어?"

빈틈없이 경계하면서 내선으로 부른다. 그러자.

'빠부빠부…… 류가땅, 찌찌 주떼여……. 배곱빠…….'

도철은 자고 있었다. 또 꿈에서 아기 플레이에 푹 빠져 있었다.

"이 상황에서 잠이 오냐! 야, 일어나! 일어나라고오오오!"

나는 히가이아의 특징을 빼앗듯이 격분하며 도철을 깨우기 위해 옆 묘석에 머리를 쾅쾅 찧었다.

그 갑작스러운 자해 행동에 사도들이 또다시 술렁였다. 완전히 질려하고 있었다.

　'와와악. 무슨 일입니까, 아빠!'

　"누가 아빠야! 네가 나설 차례라고!"

　'나 참, 매번 좋을 때 깨운다니까! 류가땅의 유두가 보이기 직전이었는데!'

　"됐으니까 움직여! 【마신】이 아기 플레이라니 부끄럽지 않냐!"

　'아니, 하지만……. 나보다 의욕 넘치는 녀석이 있는 것 같은데.'

　"뭐어?"

　'나리, 눈치 못 채셨습니까? 조금 전부터—— 저희를 미행했다굽쇼.'

　"미, 미행당했다고?"

　내가 되물은 것과 거의 동시였다.

　사도들의 포위망 한쪽에 갑자기 이변이 일어났다.

　"커헉!"

　"크흡!"

　그런 비명과 함께 이형 괴물들이 날아간다. 어마무시한 기세로 잇따라.

　살펴보지 그들 안에서—— 작은 이형 괴물이 탄환처럼 날뛰었다.

　'뭐, 뭐야?'

너무 빨라서 정체를 확인할 수 없다. 네발짐승 같다는 점은 간신히 알았지만 종횡무진 불규칙한 그 움직임은 도저히 눈으로 좇을 수 있는 것이 아니었다.

　사도가 하나, 또 하나 손 쓸 새도 없이 날아간다. 부근 동료까지 휘말려서 나무숲이며 묘석으로 거세게 내던져져 그대로 녹아서 소멸한다.

　"이, 이분은, 혹시…… 크흑!"

　"고, 공포의 '폭장(暴將)'…… 우엑!"

　"자, 잠깐만요 으악!"

　작은 그림자는 문답무용으로 오로지 사도를 유린했다. 어느새 우리를 한 바퀴 휙 돌아 사방의 이형 괴물을 이리 저리 해치워버렸다.

　……그 돌발적 패닉이 종식했을 때에는 움직이는 사도는 없었다.

　대장인 히가이아만을 남기고 전원 송장이 되었다.

　'아무리 그래도 너무 즐기는 거 아니냐…….'

　말도 나오지 않는 상황에서 그림자가 퐁 하고 한층 크게 뛰어올라 내 눈앞에 소리도 없이 착지한다.

　그제야 나는 간신히 정체를 확인했다. 아니, 이미 짐작은 하고 있었다.

　온몸이 복슬복슬하고 삼각형 귀에 둥글게 말린 꼬리가 난 이형의 존재. 사도치고는 박력이 빠지는 어쩐지 애교마저 있는 모습……. 이 녀석이 누구인지를 나는 잘 안다.

'나락의 삼 공주' 중 한 사람, 에조늑대형 장군 사도——키키다.

"키, 키키……?"

"머, 멍멍이……?"

얼이 빠진 나와 엘미라를 무시하고 키키가 주위를 가볍게 둘러본다.

빠짐없이 해치운 것을 체크하더니 키키는 좋았어라고 말하듯이 고개를 끄덕이고 자신의 코끝을 한번 할짝였다.

"숙청 완료해쭙니다."

5

이리하여 서른에 육박하던 사도 군단은 토벌당했다.

우리 집 막내인 개구쟁이가 눈 깜짝할 사이에 정리해버렸다.

키키의 전투력은 여태까지도 몇 번인가 본 적이 있다. 그래서 새삼 놀라지는 않지만 그래도 전율과 당혹감을 금할 길 없다.

설마 그 시금치 싫어하는 괴수 소프비 수집이 취미인, 혼자 목욕탕에 들어가지 못하는 어린 여자애가 이토록 강한 캐릭터일 줄은…… 엄청난 이미지 사기다.

"키키, 너…… 텔레비전 보고 있지 않았어?"

"녹화라서 문제 없쭙니다. 키키는 장군이니까 착실하게

일을 우선합니다."

자랑스레 가슴을 펴고 키키가 아장아장 걷는다.

그 앞에는 분노로 온몸을 부들부들 떠는 분장 히가이아가 있었다.

"네노오옴! 저질렀구나, 폭장 키키이이이!"

"저질러쭙니다. 그런데 시끄럽쭙니다 히가이아."

주눅드는 기색 하나 없이 되받아친 에조늑대형 사도에게 더욱 분노하는 잉어형 사도. 아무래도 키키의 이명은 꼬마장군이 아니라 폭장이었던 모양이다.

"무슨 생각이냐아아! 궁기 님께 대들겠다는 건가아아아!"

"조금 더 목소리 볼륨을 줄임니다. 이웃에 민폐임니다."

"뭐라는 거냐아아! 사도가 인근 주민을 배려 따위 하지 마아아아!"

"그러니까 주리에게 차인검니다."

"내, 내 상처를 후미지 마아아! 배려하지 못할까아아아!"

참견하고 싶었지만 그만두었다.

전투에서 긴장감이 망가지는 건 이 이야기에서는 어제오늘 일이 아니다. 본편과 관계없는 장면에서는 이제 마음대로 해.

몇미터 거리를 두고 대치한 채 일촉즉발로 서로 노려보는 장군과 장군.

'주변에 널브러져 있던 사도의 잔해들은 어느새 깨끗하

게 사라졌다.

"폭장 키키이이! 어찌하여【주작】의 편을 드는가아아아!"

"키키가 편을 드는 사람은 이치로 남작입니다. 에라밀이 아닙니다."

뱀파이어 소녀가 "엘미라예요"라고 정정했지만 키키는 무시하고 계속 떠들었다.

"여기에 있는 이치로 남작은 도철 남작의 그릇입니다. 아주 높은 남작입니다."

"도, 도철 님의 그릇이라고오오?!. 그럼, 설마…… 설마 아아아!"

"아~ 시끄럽네 진짜."

그때 내 등 뒤에서 짜증 난 목소리가 들리면서 한 소년이 옆에 나란히 섰다.

나와 판박이인 교복 차림 고교생…… 물론 도철이었다. 이렇게 나 모르는 사이에 나타날 수 있으니까 늘 무단 외출하는 거다.

"으어어! 도, 도, 도철 니이임!"

히가이아의 얼굴에 노골적으로 동요하는 기색이 떠오른다. 무리도 아니다. 지금은 궁기를 섬기는 몸이라 해도 그에게는 도철 역시 왕이다. 원래대로라면 모셔야 하는 존재이기 때문이다.

도철, 혼돈, 궁기…… 같은 시기에【마신】이 셋이나 부활하다니 생각해보면 상당히 드물고 이상한 사태라 할 수 있다.

"여어 히가이아, 오랜만이네. 아직 무더위가 기승을 부리는 지금, 네놈을 만나고 싶지는 않았다. 기온이 3도 정도 올라가니까."

"으, 크으으……!"

도철이 키키를 지나쳐 히가이아에게 성큼성큼 다가간다. 잉어형 사도는 압도당한 듯이 그만큼 슬금슬금 후퇴한다.

"걱정하지 마. 딱히 네가 누구를 섬기든 상관없어. 나는 외톨이 【마신】이니까 말이지. 삼 공주만으로도 부하는 많을 지경이다."

"우, 크으으……!"

"그래서, 어쩔 거야? 나랑 한판 하려고? 오?"

양아치 같은 협박에 폭포 같은 식은땀을 흘리는 히가이아. 땀을 흘리는 잉어라는 것도 상당히 초현실적이다.

"우, 우오오오오오오!"

다음 순간, 히가이아가 자신을 북돋우는 것처럼 온몸으로 방대한 사기를 발산했다. 주변 일대의 나뭇가지가 웅웅성대하게 흔들리고, 나뭇잎이 어마어마하게 떨어졌다.

이런 웃긴 녀석이라도 그 점은 역시 장군급이다…… 무섭게 작열하는 사기였다.

"나는 이미 궁기 님께 충성을 맹세했습니다아아아! 맞서 싸우겠습니다, 도철 니이이임!"

"환영한다. 나리 말을 들을 것도 없이 어차피 네놈은 두

들겨 패주고 싶었어. 원수를 갚기 위해서도 말이지."

"워, 원수?! 나를 누구의 원수라고 하시는 겁니까아아아!"

"한신의 원수다!"

그렇게 외치자마자 도철의 모습이 바뀌었다.

온몸이 칠흑으로 물들고 박쥐 같은 날개가 난, 열 받게도 늘씬한 장신의 잘생긴 청년이다. 옆머리에 뻗은 활 모양으로 굽은 뿔도 오닉스처럼 검게 빛났다.

이 모습이야말로 【마신】 도철의 전투 버전. 참고로 야스케 버전이라고도 한다.

"히가이아, 네놈…… 잘도 한신에게 3연패를 안겨주었겠다! 고시엔이 장례식장 같아졌지 않나!"

"하, 한신이란 자는 알지 못합니다아아!"

"시치미 떼지 마! 너는 무슨 형 사도지? 말해봐!"

"옙! 잉어형입니다아아!"

"사형이다!"

"무슨 소린지 모르겠습니다아아!"

"닥쳐 이 빨간 헬멧(일본 야구팀 히로시마 도요카프) 사도! 백스크린에 처박히도록 날려주마!"

"오, 오오오오! 아무튼 목은 제가 가져가겠습니다아아!"

도철과 히가이아가 동시에 달려나가려던 찰나.

그들보다 빨리, 이미 키키가 움직였다. 뿅 하고 뛰어올라 도철의 머리를 밟고 그대로 맹렬하게 히가이아를 향해 돌진한다.

"아얏!"

"으어어?!"

도철도 그리고 히가이아도 완전히 허를 찔렸다. 서로에게 의식을 집중했던 탓에 에조늑대 사도 따위 신경 쓰지 않았다.

키키의 작은 체구가 한순간에 히가이아의 눈앞에 들이 닥친다.

히가이아는 허둥지둥 방어를 하려 했지만 이미 늦었다.

"포, 폭장 키키이이이!"

"숙청입니다, 히가이아."

직후. 용서 없는 키키의 날라차기가 히가이아의 배때기에 작렬했다.

그 일격을 제대로 먹고 잉어형 사도의 거구가 공중에 뜬다. 정말 높이높이, 마치 쏘아 올린 불꽃처럼 일직선으로 밤하늘로 사라졌다.

"느어어어어! 각오해라아아아! 레이다의 자식은 반드시 데려가겠다아아아!"

그렇게 마지막 말을 절규한 채 히가이아는 반짝이는 별이 되었다. 설마 요즘 시대에 이런 클래시컬한 퇴장을 하는 놈이 있을 줄이야…… 팔걸에도 여러 가지 녀석이 있구나.

"놓쳐줍니다. 히가이아는 튼튼합니다. 튼튼한 거 하나가 장점입니다."

머리를 탈탈 긁으면서 그렇게 말하더니 키키가 금방 인간 모습으로 돌아간다. 이어서 오른쪽으로 휙 돌아 이쪽으로 아장아장 돌아온다.

곁까지 온 바가지머리 어린 소녀에게 도철이 자신의 머리를 문지르면서 항의했다.

"아아야……. 야, 키키, 【마신】을 밟는 사도가 어디에 있냐."

"죄송합니다 도철 남작. 그저 우발적인 일이어쭙니다."

"마리오조차 좀 더 부드럽게 밟는다구. 뿔이 구부러지면 어쩔 거야."

"도철 남작의 뿔은 원래 빙글빙글합니다. ……그것보다."

도철의 불평을 무시하고 곧이어 키키가 걸음을 멈춘다.

키키의 눈앞에는 어린아이를 품에 안은 뱀파이어 소녀가 있었다.

"뭐, 뭐죠? 멍멍이."

엘미라의 물음에 대답도 하지 않고, 키키는 시즈마의 자는 얼굴을 빤히 들여다보았다. 작은 코를 열심히 킁킁거리면서.

"레이다의 아기입니까?"

"응? 당신, 레이다를 아는 거야……."

"당연합니다. 레이다는 키키의 친구……가 아니라 부하입니다."

그 뜻밖의 말에 엘미라뿐만 아니라 나까지 "부하?" 하고 목소리가 뒤집혔다.

⋯⋯총세 육천인 '나락의 사도'는 위에서부터 '장군', '부대장', '병졸'이라는 랭크로 나뉜 계급으로 구성되어 있다고 한다.

백 명 정도의 병졸을 부대장 한 명이 통솔한다.

대여섯 명의 부대장을 다시 장군이 통솔하는 형태다.

그것이 그들의 기본적인 조직 체계인 모양이다. 비율로 따지면 대다수가 병졸이며 부대장이라도 충분히 간부급이다. 장군 정도 되면 이미 대통령 같은 급이라고 한다.

'설마 레이다가 키키의 부하였다니⋯⋯.'

내가 리액션을 하지 못하고 있자 키키가 다시금 엘미라를 올려다보았다. 어린 장군은 짧은 양손을 뻗으면서 진지한 얼굴로 터무니없는 소리를 지껄였다.

"에미라레, 그 아기를 나한테 넘김니다."

"뭐, 뭐어?"

무례한 요구에 엘미라가 눈을 부릅뜬다. 나도 눈을 동그랗게 떴다.

"분명히 그 아이에게서는 레이다의 사기 냄새가 남니다. 틀림없이 레이다의 아이임니다."

"그렇다고 해서 어째서 당신에게 시즈마를 넘겨야 하죠?"

"말했쥽니다. 레이다는 키키의 부하였던 사도임니다. 그렇다면 그 시쥬마도 키키의 부하가 됨니다. 키키에게는——그 아이를 보호할 의무가 이쭙니다."

……귀찮아지고 말았다.

엘미라뿐만 아니라 키키까지 시즈마의 친권을 주장하기 시작해버렸다.

아무리 그래도 이런 전개는 예상하지 못했다. 키키에게 들킨 이상 더는 미온과 주리에게도 숨기기는 어렵지 않을까…… 그런 생각밖에 하지 않았다.

나는 시즈마의 아빠(임시)로서 대체 어떻게 하면 좋은가……. 그렇게 번민하는 동안에도 엘미라와 키키는 입씨름을 벌이고 있었다.

"시쥬마는 책임지고 키키가 기릅니다. 키키는 오늘부터 누나임니다."

"승복할 수 없어요! 시즈마는 사도이기 앞서 뱀파이어예요! 이건 '상암의 혈족' 문제라고요!"

"뱀파이어이기 앞서 사도입니다. 이건 '나락의 사도' 문제입니다."

"게다가 당신도 어린애잖아요! 보살핌을 받아야 하는 쪽이에요!"

"키키는 이제 꼬마가 아님니다! 이래 봬도 성체임니다!"

"아이는 아이예요! 육아가 얼마나 힘든지 우습게 보는 건가요?!"

"키키라면 괜찮쭙니다! 마당의 해바라기를 피운 실적도 이쭙니다!"

양쪽 다 양보 없이 우우~ 하고 으르렁거리며 서로 쏘아

보았다.

도철은 이미 내 모습으로 돌아가 손을 짝짝 때리며 모기와 격투를 벌이고 있었다. 오늘 밤의 【마신】 전투는 결국 그게 다였다.

……아무튼 이러고 있다가는 끝이 나지 않는다.

이대로 말다툼이 가열되면 결국에는 맞붙을 우려가 있다. 그렇게 되면 시즈마도 깨버리겠지. 모처럼 천사처럼 잠들었는데.

'우리 집으로 가자. 히데오 씨의 맨션은 이제 위험해.'

삼 공주와 같이 사는 것을 엘미라에게 들키고 말지만, 시즈마의 안전과 대신할 수는 없다.

미온과 주리의 의견도 묻고서 앞으로의 대응을 결정하기로 하자. 어쨌거나 나는 한창 신문을 받고 있는 중이니까.

——이렇게 '시즈마 문제'는 류가가 있는 주인공 진영보다 먼저.

사도 진영이라기보다 코바야시 일가가 깊이 관여하게 되었다.

6

대략 3분 뒤.

엘미라와 시즈마를 데리고 집으로 돌아온 나를 보고 당연하지만 미온과 주리는 어지간히 당황했다.

"에, 엘미라 매카트니?"

"게다가 그 아이는 이치로 님의 휴대폰 화면의⋯⋯."

사태를 파악하지 못하고 현관에서 어리둥절해하는 두 사람. 그런 그녀들은 키키가 추가로 던진 충격적인 한마디에 더욱 어안이 벙벙해졌다.

"미온, 주리. 오늘부터 삼 공주는 사 공주가 됩니다."

"이 멍멍이가 끈질기네. 그리고 시즈마는 남자애예요."

곧바로 엘미라가 이의를 제기하고 또다시 키키와 험악하게 서로 노려본다. 집으로 오는 중에도 줄곧 이런 상태였다.

⋯⋯아무튼 일의 전말을 설명하기 위해 다 함께 거실로 이동한다.

미온이 모두의 차를 준비했을 때 먼저 엘미라가 입을 열었다.

"코바야시 이치로. 당신, 언제부터 '나락의 삼 공주'와 같이 살았죠?"

코바야시 집안에 삼 공주가 있다는 사실은 돌아오는 길에 알렸다. 그 이야기를 듣고 우리 집으로 피난하기를 맹렬히 반대하는 엘미라를 설득하는 데 상당히 진땀을 뺐다.

"그, 그렇게 오래되지는 않았어. 애들은 도철의 부하고, 보살필 의무가 있다고 할까⋯⋯. 모두에게는 아직 말하지 마. 언젠가 시기를 봐서 다 털어놓을게."

"다소 납득하기 어렵지만 지금은 그 일은 제쳐두겠어요.

저도 오늘부터 이 집에서 신세를 질 테니까요."

그 말을 들은 미온과 주리가 "뭐?!"라며 방석에서 엉덩이를 들었다.

어이없어하는 미온과 주리에게 나는 그렇게 된 경위를 처음부터 이야기했다. 이미 엘미라에게도 허가는 받았다.

——레이다가 인간계로 온 뒤의 전말.

——아카토리 히데오라는 뱀파이어.

——그리고 두 사람의 아이인 시즈마를 궁기 진영에서 노리고 있다.

내가 전부 털어놓자 잠시 침묵이 찾아왔다.

미온과 주리가 찡그린 얼굴로 팔짱을 꼈다. 엘미라는 경계를 풀지 않고 아이를 안은 채 떼놓지 않는다. 키키는 조금 전부터 안절부절못하며 자꾸만 시즈마를 흘끔흘끔 보고 있었다.

참고로 도철은 벌써 내 안으로 들어가서 자고 있다. 어떻게든 꿈을 이어서 꾸겠다고 한다.

"놀랍네, 사도와 뱀파이어의 아이라니……."

드디어 감상을 말한 백로 소녀에게 뱀파이어 소녀가 곧바로 못을 박는다.

"미리 말해두지만 시즈마의 육아는 제가 하겠어요. 당신들 사도의 손은 빌리지 않을 거예요."

"그건 안 됩니다. 시쥬마는 키키가 보살핌니다."

"시즈마의 엄마는 저예요!"

"키키도 시쥬마의 누나입니다!"

여전히 친권을 둘러싸고 격렬하게 불꽃이 튀는 두 사람.

그런 가운데 갑자기 시즈마가 꿈틀꿈틀 움직였다. 그런가 싶더니만 곧바로 팔다리를 버둥거리며 큰 소리로 울음을 터뜨렸다.

"이, 일어났나요? 제발 코 자요."

엘미라가 열심히 달랬지만 시즈마의 울음소리는 격렬해지기만 했다. 옆에서 지켜보는 키키도 어쩔 줄 몰라 하며 안절부절 허둥댔다.

"울지 마 시즈마. 왜 이러는 걸까…….."

"배가 고픈 거야."

미온이 일어나서 어쩔 줄 몰라 하는 뱀파이어 소녀에게 쌀쌀맞게 말했다. 그리고는 그대로 휙 발길을 돌린다.

"분유는 없지만 연유를 미지근한 물로 녹이면 급한 대로 대용품이 될 거야. 잠깐 기다려."

……얼마 안 있어 부엌에서 돌아온 백로 소녀는 우유가 든 컵과 스푼을 쟁반에 담아 가져왔다. 쟁반을 엘미라 앞에 내밀더니 퉁명스럽지만 어떻게 먹이는지 설명한다. 효과는 발군, 곧바로 시즈마가 스푼을 덥석 물었다.

역시 엄마 속성이다. 이런 상황에서는 의미가 된다.

"다 먹거든 등을 통통 두드려서 트림을 시켜."

"이, 이렇게요?"

미온의 거침없는 지시에 세미나 수강자처럼 따르는 엘

미라.

이윽고 작게 트림한 시즈마는 조금 전 울음이 거짓말처럼 얌전해졌다. 그뿐인가, 우리를 신기한 듯이 둘러본 다음 놀랍게도 방긋 웃었다.

그 티 없는 아기의 미소에 미온과 주리가 "윽" 하고 멈칫한다. 틀림없이 삼 공주는 진짜 아기는 처음 볼 것이다.

"새, 생각보다 귀엽네……."

"지금, 나를 보고 웃지 않았어?"

"아닙니다. 키키를 보고 웃어줍니다."

벌써 삼 공주가 시즈마에게 함락당하고 있다. 그 심정은 이해하지만 한마디만 해두고 싶다. 시즈마는 나를 보고 웃었다. 절대로. 틀림없이.

사도들의 뜨거운 시선을 민감하게 감지하고 엘미라가 '건넬까보냐'는 듯이 시즈마를 안은 팔에 꼭 힘을 주었다.

이 행동은 좀 마뜩잖다. 시즈마가 괴로운지 얼굴을 찡그리고 있잖아.

"엘미라, 너무 세게 안으면 안 돼. 또 울음을 터뜨릴 거야."

"아, 미안해요 시즈마. 아팠——."

엘미라가 팔 힘을 푼 한순간의 틈을 타고.

주리의 금발머리가 슬렁슬렁 뻗어가 곧바로 시즈마를 휘감았다.

직후에 엘미라의 손에서 시즈마를 휙 빼앗는다. 당황한 흡혈귀를 무시하고 아기는 눈 깜짝할 사이에 킹코브라 사도의 손에 넘어가고 말았다.

"뭐, 뭘하는 거예요?! 시즈마를 돌려주세요!"

풍만한 I컵에 아기를 부드럽게 안은 채 주리가 미안한 기색도 없이 말했다.

"엘미라. 그렇게 쓸데없이 예민하게 구는 거 그만해. 이 아이가 운 건 그저 배가 고프다는 이유가 아니라 당신의 긴장감을 감지했기 때문이야."

"그, 그런……."

"자, 이 아이를 봐. 당신에게 안겼을 때보다 훨씬 기뻐 보이지."

확실히 시즈마는 다시 생글생글 웃는 얼굴로 돌아왔다.

도로 데려오려다 그러지 못하고 찡그린 얼굴로 "으으윽" 하고 신음하는 엘미라. 그 반응을 즐기듯이 시즈마에게 요염하게 미소 짓는 주리.

"후후, 착한 아이네 시즈마. 내 취향의 지적이고 쿨한 남자애로 자라렴."

아무래도 주리는 지적이고 쿨한 남자를 좋아하는 모양이다. 그러니 히가이아가 차일 수밖에.

기분 좋게 웃는 시즈마를 보고 키키가 의기양양하게 가슴을 폈다.

"보십찌요. 시쥬마는 사도에게 마음을 허락해쮸니다."

"그럴 리가 없어요!"

"깨끗하게 패배를 인정하십찌요. 주리, 키키도 안을 검니다."

그러나 키키가 안자마자 시즈마가 얼굴을 찌푸렸다. 키키는 허둥지둥 주리에게 돌려주려 했으나 실수로 미온에게 건네고 말았다.

그러자 다시 시즈마의 미소가 돌아왔다. 놀랍게도 조금 전보다 생글생글한 얼굴이었다.

"그, 그렇게 내가 좋아? 흐응, 그래…… 뭐, 뭐 아무래도 상관없지만."

말과는 달리 미온의 볼이 누그러진다. 모성을 잔뜩 자극받고 있다.

바닥에 양손을 짚고 의기소침해진 키키. 엘미라도 마찬가지로 의기소침해졌다.

……나도 안아볼까. 아빠(임시)인 나라면 분명히 미온을 능가하는 생글생글 얼굴이 되어 줄 거다. 절대로. 틀림없이.

'처음 만난 미온에게 질까보냐. 아빠의 위엄을 보여줘야 해!'

내가 멋대로 대항심을 불태우고 있는데.

문득 미온이 진지한 표정이 되어 옆에 있는 주리에게 속삭였다.

"있지 주리. 이 아이를 안고 새삼 알았는데……."

"네. 궁기 님이 원하시는 것도 납득이 와요. 확실히 시즈마에게는── 거물 사도가 될 소질이 있네요. 어쩌면 우리 장군급에 필적할 정도의……."

역시 그런 건가.

시즈마는 장차 삼 공주와 팔걸에게도 지지 않는 맹자가 될 가능성이 있는 건가. 이렇게나 사랑스러운 아이가…… 지금도 믿기지 않는다.

당연하지만 궁기는 아직 시즈마를 포기하지 않았겠지. 분장 히가이아도 말했다. "레이다의 자식은 반드시 데려가겠다"고.

'이 집도 적에게 들킬 염려는 있어. 하지만 그래도 제일 안전한 장소일 거야.'

나와 엘미라에 더해 삼 공주와 도철…… 최소한이라도 두 사람이 시즈마에게서 떨어지지 않으면 궁기 진영도 간단히 손대지는 못 할 것이다.

그런 내 생각은 제쳐놓고 미온이 이번에는 엘미라를 응시한다.

"엘미라 매카트니. 우리는 당신과 시즈마를 숨겨주는 것에 딴지를 걸 생각은 없어. 그게 이치로 군의 이사라면 말이지. 다만……."

"다만, 뭐죠?"

"한 가지만 확인할게. 그래서 언제까지 이 상태를 계속할 작정이야? 말해두지만 시즈마가 사도인 이상—— 삼 년이면 성체가 될 거야."

"서, 성체? 다시 말해 어른이 된다는 뜻이에요?"

"어른인지 어떤지는 모르겠어. 노인일지도 모르고 아이

일지도 몰라. 사도의 아기를 인간과 똑같이 생각하면 안 돼. 시즈마의 성장이 이상하게 빠른 건…… 당신도 눈치챘겠지?"

　……그러고 보니 전에 들은 적이 있다. '나락의 사도'에게는 남녀노소의 갖가지 모습을 한 자가 있는데, 그들은 생후 삼 년 정도면 그런 모습이 되고 노화하는 일도 없다고.

　'그렇게 빨리 독립해버리는 건가. 그렇구나, 그래서 레이다는 '삼 년'이라고…….'

　엘미라의 말로는 레이다는 죽을 때 그렇게 말했다고 한다.

　──부디 이 애를 지켜줘……. 하다못해 삼 년 만이라도.

　삼 년이라는 기간은 시즈마가 성체가 될 때까지를 의미했던 거겠지. 성체가 되면 시즈마는 최소한 자신의 몸을 스스로 지킬 수 있게 된다.

　"충고하지 엘미라 매카트니. 이번 일은 당신 동료에게 상담해."

　생각지도 못한 미온의 말에 엘미라가 "네?" 하고 눈을 깜빡거렸다.

　"줄곧 육아에 전념하기는 현실적으로 불가능하잖아. 이럴 때 의지해야 동료 아니야? 그 정도 결속으로 궁기 님과 싸울 수 있겠어?"

　쌀쌀맞은 말투지만 미온 나름의 배려였다.

　이대로는 엘미라는 【주작】의 사명을 다할 수 없다. 사실상 기권이 되어버린다. 그런 사태는 미온도 본의는 아니다.

호적수로서.

"당신이 빠지는 바람에 히노모리 류가가 질지도 몰라. 그래도 괜찮겠어?"

"그, 그건……."

메인 캐릭터가 적 캐릭터에게 설교 당하고 있다. 게다가 내 설교보다 효과가 있는 것 같다.

"우리 집에서 맡는 한 당연히 시즈마는 지킬 거야. 하지만 만약 히노모리 쪽에 맡긴다고 한다면 그래도 상관없——."

"그러면 안 됩니다! 시쥬마는 키키가 기릅니다! 시쥬마 (死壽魔)로 훌륭한 장군으로 키울 겁니다!"

곧바로 신경질 내는 키키를 주리가 "떽" 하고 나무랐다.

"떼쓰면 안 돼. 당신의 부하는 레이다지 시즈마가 아니잖아?"

"레이다는 무척 충실한 부하였쭙니다! 그 은혜를 갚아야 합니다!"

발을 동동 구르며 격앙된 바가지머리의 어린 소녀. 하지만 미온도 딱 잘라 고개를 가로저었다.

"그런 어른스러운 일은 혼자 목욕할 수 있게 된 다음에 해."

"하, 할 수 이쭙니다!"

"거짓말. 제대로 백까지 몸을 담그고 있지 못하잖아."

"미온의 일 초는 김니다! '이~일'이라니! 그건 이미 삼 초임니다!"

"아무튼 우리 삼 공주가 시즈마에 관여하는 건 이 집에 숨겨주는 동안만이야. 그 이후에는 알 바 아니──하응?!"

그때 미온이 이상한 소리를 질렀다.

잘 보니 미온이 안고 있는 시즈마가 백로 소녀의 가슴을 열심히 만지작거렸다. 아마도 젖을 찾고 있는 것 같다.

"꺄, 잠깐만, 응…… 그만해 시즈마."

새빨개져서 몸을 비트는 미온을 향해 주리가 분노를 드러내며 테이블을 탕 쳤다.

"미온! 당신은 또 그런 좋은 장면을…… 그런 건 내 담당이잖아요! 나랑 만져요! 그리고 내가 만지게 하세요!"

"무, 무슨 소리를 하는 거야, 주리!"

"시쥬마! 찌찌라면 키키 걸 빠십찌요! 키키의 찌찌는 딸기맛임니다!"

"무, 무슨 소리를 하는 거야, 키키!"

야단법석인 '나락의 삼 공주'를 엘미라는 어안이 벙벙해져서 눈을 동그랗게 뜨고 바라보았다. 이런 적 간부들의 모습을 되도록 보이고 싶지 않았다.

……그로부터 얼마 후.

일단 나는 타협안으로 엘미라에게 "하다못해 무사하다는 사실을 류가에게 알린다"는 방침을 간신히 허락받았다.

"엘미라. 더 이상 류가에게 쓸데없는 수색을 시켜서는 안 돼. 너의 '상암의 혈족'으로서의 책무는 시즈마를 지키는 것만이 아니잖아. 이 세상을 지키는 것도 너의 중대한

사명이야."

그런 설득에 마지못해 승낙은 했지만 뱀파이어 소녀는
매우 토라져 있었다.

마찬가지로 누나를 각하 당한 바가지머리 어린 소녀도
매우 토라져 있었다.

제3장 히노모리 쿄카와 작별

1

엘미라와 시즈마를 코바야시 집안으로 부른 그 이튿날 아침.

학교에 도착하자마자 나는 서둘러 메인 캐릭터 전원을 옥상으로 모아 "엘미라가 있는 곳을 알았다"고 보고했다. 물론 자세한 이야기는 덮어두었다.

"에, 엘을 찾았어?! 이치로, 정말이야!"

"코바야시 씨, 어디에 있었던 겁니까!"

"코바야시, 그 녀석은 무사한가!"

"잇군, 설마 유치장은 아니지!"

일제히 놀라 일제히 따지며 다가오는 류가, 유키미야, 아오가사키, 쿠로가메. 꼭 신문기자 같았다.

'지금까지 신경 쓴 적 없었지만 나를 부르는 호칭은 다들 다르구나⋯⋯. 저마다의 성격이 나오는 건가.'

참고로 나는 삼 공주에게는 '이치로 군', '이치로 님', '이치로 남작'이라 불리고 있다. 도철에게는 '나리', 혼돈에게는 '도령', 궁기에게는 '코바야시 소년'이라 불리고 있다.

엘미라는 '코바야시 이치로'라고 풀네임으로 부른다. 그리고 시즈마에게는 '아빠'라 불린다(예정).

뭐, 특별히 좋고 싫고는 없으니 마음대로 부르기 바란다.

네 명의 주목을 한 몸에 받으면서 나는 코멘트에 주의하며 설명한다.

"일단 먼저 말해둘게. 엘미라는 건강해."

일동 사이에 안도한 분위기가 퍼졌다. 아마도 이 문제를 제일 확인하고 싶었을 것이다.

"다만, 상황이 좀 복잡해서……. 당장은 모두의 곁으로 돌아갈 수 없어. 그리고 미안하지만, 나는 사정에 대해 발설 금지당했어."

"역시…… 사도가 엮인 건가?"

류가가 남자 버전으로 목소리를 낮추고 묻는다. 옥상에서는 다른 사람은 없지만 그래도 신중을 기하는 것이리라.

"분명히 사도가 얽혀 있기는 하지만 그렇게 심각한 일은 아니야. 궁기 편에 붙은 것도 아니고, 모두의 적이 된 것도 아니야."

"다행이다……. 엘미라 씨 정신은 멀쩡하군요."

"정말로, 일단 안심이야. 엘짱과 싸우는 건 절대로 싫은걸."

서로 미소를 교환하며 기뻐하는 '축명의 무녀'와 '성벽의 수호자'.

한편으로 '참무의 검사'만은 자신의 턱을 붙잡고 심각한 얼굴로 땅바닥을 뚫어져라 보고 있었다.

"어쨌거나 엘미라는 고립무원 상태라는 거지? 앞으로는

코바야시의 돕는다고는 해도 우리도 뭔가 협력할 수 없나?"

"나도 모두에게 상담하라고 설득하고는 있는데요…….
아시다시피 상당히 고집스러운 뱀파이어라서."

내가 탄식하자 그녀들 역시 다 함께 한숨지었다. 적어도
내 귀찮은 처지를 이해했는지 무척 미안해했다.

"코바야시 씨. 한 번만이라도 어떻게 엘미라 씨를 학교에
오게 할 수는 없을까요…….'

"그것도 지금은 어려워……. 엘미라는 현재 꼼짝할 수가
없어."

엘미라는 삼 공주를 경계하며 한시도 시즈마 곁에서 떠
나려 하지 않았다. 그게 마음에 들지 않는 키키와 오늘 아
침에도 한바탕한 참이다.

하지만 그 문제는 머지않아 해결할 거라 본다. 삼 공주
가 시즈마를 흉포한 사도로 만들 마음 따위 없다는 건 엘
미라도 어렴풋이 알고 있을 테니까.

"아무튼 엘은 무사하고 우리의 적이 된 것도 아니야──
그것만 알아도 충분해. 이치로, 정말로 고맙다."

머리를 숙인 류가에게 나는 엄지를 세우며 씩 웃었다.

"됐어. 난 네 친구니까. 함께 싸울 힘은 없지만, 평범한
일반인이지만 하다못해 이 정도는 돕게 해줘."

그렇게 말하자 류가와 히로인들의 움직임이 굳었다.
'응? 뭐라는 거야?'라는 표정이다.

……역시 다들 이제 나를 일상 전문 서브 캐릭터로 보지

않는 모양이다. 알고 있던 사실이지만 새삼 의기소침해졌다.

──코바야시 소년이 조역으로 머무는 건 아마도 불가능하다고 생각하는데?

──이번 기회에 그만 빼앗아버려. 주인공의 자리를.

어젯밤, 【마신】 궁기가 전화로 그렇게 말한 이후 나는 줄곧 동요하고 있다. 그 목소리가 머리에 들러붙어 떠나지 않았다.

사실은 그런 불안 때문에 굳이 '친구 캐릭터'를 어필해버렸다. 분명히 지금의 대사는 자신을 설득하려던 것이다. 결과적으로 자폭했지만.

'제길, 내가 생각해도 기개 없는 행동을 해버렸어……. 궁기에게 그런 말을 들은 걸 어쩌라는 거야. 그런 일로 나의 서브 캐릭터 혼이 동요할까 보냐!'

동요하는 영혼을 무시하고 일단 보고를 끝맺기로 한다.

"그런 이유로 이제 '엘미라 수색'은 끝내자. 정말로 위험한 상황이 되었을 때는 반드시 알릴 테니까 그때까지는 나에게 맡겨줄 수 없을까?"

모두가 고개를 끄덕인 것과 동시에 예비종이 울려서 우리는 거기서 해산했다.

여기에 있는 사람들은 저마다 반이 다르다. 유키미야는 2학년 C반. 아오가사키는 3학년 A반. 쿠로가메는 2학년 E반이다.

그리고 나와 류가는 2학년 B반. 참고로 엘미라도 우리

반이다.

'집에 돌아가면 엘미라를 계속 설득해야지. 언제까지 사도 진영에서만 이야기를 진행시킬 수는 없어.'

이번 에피소드, 주인공 진영이 줄곧 배제된 상황이라 점이 상당히 껄끄럽다. 빨리 그녀들을 개입시키고 싶다. 특히 류가를.

류가와 함께 교실로 돌아와서 자리에 앉기 전에 하나만 물었다.

"그래서 류가, 쿄카의 상태는 어때? 수색도 끝났고 오늘이나 내일쯤 병문안을 가도 될까?"

"……그거 말인데, 이치로."

그러자 류가의 얼굴이 이상하게 어두워졌다. 잠시 머뭇거린 뒤 이야기하기 껄끄럽다는 듯이

이어지는 말을 했다.

"상태는 고비 때보다 나아졌어. 여전히 열이 내려가지 않고, 의사 선생님도 원인을 모르는 것 같지만……. 하지만 그보다 마음에 걸리는 일이 있어."

"무, 무슨 일이야."

"쿄카가 그랬어. '코바야시 오빠를 부르지 말아 달라'고."

"응?"

갑작스러운 면회 거부 통보에 나도 모르게 얼빠진 소리로 되묻고 말았다.

뭐? 어째서? 나, 쿄카에게 무슨 미움 살 만한 짓이라도

했던가?

그 자리에서 기억을 더듬어보았지만 그럴 만한 사안은 찾지 못했다. 고작해야 여기사 코스튬 플레이를 한 류가에게 오크로 분장하고 덮치려던 촌극을 들켜 "두 사람 다 뭐하는 거야……"라고 경멸당한 정도다.

"드워프로 분장해야 했나……?"

"무슨 말인지 모르겠지만 아닐걸."

내 혼잣말을 지적한 다음 류가는 신경 써주는 것처럼 미소 지었다.

"조만간 이유를 알아낼 테니까 병문안은 잠깐 기다려주겠어? 괜찮아, 특별히 이치로를 싫어하는 것 같지는 않았으니까."

그런 말을 들으면 나로서는 어쩔 도리가 없다. 얌전히 지시를 기다리는 수밖에 없다.

'엘미라랑 시즈마 건에, 궁기 건에, 쿄카 건……. 이래저래 고민이 끝이 없군.'

……그런 여러 문제에 끙끙거리는 사이에 어느덧 수업이 끝났다.

여동생을 간병하기 위해 서둘러 돌아간 류가와 마찬가지로 나도 빠른 걸음으로 집으로 돌아갔다. 또 엘미라와 키키가 싸우고 있지는 않은지…… 걱정됐다.

그리고 빨리 시즈마를 만나고 싶었다.

한눈도 팔지 않고 집으로 돌아오자 놀라운 광경이 나를 기다리고 있었다.

거실에는 엘미라, 삼 공주, 그리고 집에서 대기시킨 도철까지 다 모여 있다. 그 중심에는 말할 것도 없이 우리 집의 천사 시즈마가 있었다.

놀랍게도 그 시즈마가── 기어 다니고 있었다.

"코바야시 이치로! 보세요! 시즈마가…… 시즈마가!"

엘미라가 내 멱살을 붙잡고 마구 흔들었다. 목이 졸려 괴로웠지만 그런 문제는 나중 문제다. 왜냐하면 기어 다니고 있잖아!

'이것도 성장이 빠른 탓인가? 기어 다니다니, 조금 더 나중 일이라고 생각했는데……!'

역시 사도다. 이제 '아기'라고 부르는 건 실례일지도 모른다. '아기씨'라고 불러야 할지도 모른다.

시즈마가 "아우아우" 하면서 다다미 위를 기고 있다. 둘러싼 우리를 둘러보며 누구에게 갈지 망설이고 있다.

모두가 그것을 알아챘을 때. 그 자리에서 거실은 승부의 장이 되었다.

"시즈마! 이리 오세요! 엄마는 이쪽이에요!"

양팔을 펼치고 필사로 부르는 뱀파이어 소녀.

"시쥬마! 키키한테 오십찌오! 누나는 이쪽입니다!"

지지 않겠다며 붕붕 손짓하는 에조늑대 사도.

"시즈마앙~. 예쁜 누나 좋아하지~. 남자아이인걸~."

블라우스 단추를 세 개쯤 풀고 가슴골을 강조하는 킹코
브라 사도.

"나, 나한테 와도 괜찮아."

굳이 고개를 돌리고 새침을 떠는 백로 사도.

"이리 와, 시즈마! 똑같은 아기로서의 뜻을 지닌 나의 곁
으로! 빠부빠부!"

알 수 없는 동지 의식에 호소하는【마신】. 너도 참가하는
거냐.

'질까 보냐……. 이 승부, 승자는 나다!'

일동과는 대조적으로 나는 조용히 양팔을 펼치고 무아
의 경지에서 그저 기다렸다.

……걱정하지 마. 시즈마는 반드시 온다. 반드시 온다.
나에게는 그 천사가 보인다.

'자 와라! 기어와라 시즈마!'

그리고 시즈마는—— 정말로 나의 곁으로 왔다. 진짜로
왔다.

모두가 격렬하게 의기소침해하는 가운데, 나는 떨리는 손
을 뻗어 그 작은 몸을 들어올렸다. 눈물로 시야가 부옜다.

그런데 경악과 감동은 그뿐만이 아니었다.

"빠아, 빠아."

나를 보고 시즈마가 그렇게 말했다. 절대로 잘못 듣지
않았다. 확실하게 그렇게 말했다!

"오, 오오오오! 아빠래! 아빠라고 했어어어어!"

나는 일어나서 시즈마를 우승컵처럼 들어올렸다. 그 자리에서 빙글빙글 돌자 시즈마가 꺄꺄 기뻐한다. 이 아이는 비행기를 좋아한다.

"예정했던 아빠 호칭이 이렇게나 빨리 달성되다니! 이제 양자로 삼는 수밖에 없어! 내가 아빠다! 프로 파더 아빠다 아아!"

"나리, 자식 딸린 친구 캐릭터는 좋지 않아요."

"애초에 지금 정말로 이치로를 아빠라고 한 거 맞아?"

"이치로 님은 빠—라고 말한 것이……."

지적하는 도철, 미온, 주리. 그 한편으로 엘미라와 키키는 아직 포기하지 않았다.

"다, 다시 한번 겨뤄요! 이런 결과는 납득할 수 없어요!"

"맞쭙니다! 분명히 사기입니다! 금품 증여 의혹이 이쭙니다!"

그런 패자의 울부짖음 따위 나에게는 들리지 않았다.

집에 돌아오기 전까지 안고 있던 갖가지 우울함이 단숨에 날아간 듯한 기분이었다.

2

그로부터 이틀 동안은 아무 일도 없는 상황이 이어졌다.

궁기 진영의 움직임도 특별히 없고, 코바야시 집안은 평온 그 자체. 류가는 동생의 병간호에 전념하고 히로인들은 돌아가며 동네 순찰에 종사. 나는 엘미라의 건을 일임받아 수업이 끝나고는 자유였다.

'요전에 아빠라고 불리는 바람에 흥분해버렸지만, 실질적인 문제로 이대로 있을 수도 없겠지……. 가장 빠른 타개책은 궁기를 쓰러뜨리는 건데…….'

만약 그렇다면 시즈마에게 더 이상 위협은 없다.

그러기 위해서도 협력자가 많을수록 좋다. 그래서 류가와 히로인들도 개입시키고 싶은 것이다.

'나뿐만 아니라 미온까지 설교하자 엘미라는 상당히 동요했다. 이제 조금만 더 하면 설득할 수 있을 거야.'

공동생활이 효과가 있었는지 삼 공주에 대한 엘미라의 인식을 적잖이 바뀌었다. 그 증거로 그녀들에게 시즈마를 떼어놓으려는 일이 사라졌다.

시즈마가 우리 집 더부살이들을 잘 따르는 것도 큰 이유라 할 수 있다.

특히 최근 이틀은 키키의 반격이 눈부시다. 처음에는 시즈마에게 인상이 별로였던 바가지머리 소녀지만, 지금은 상당히 높은 순위에 자리매김했다.

'내가 보는 한 우리 집에서 시즈마의 '좋아하는 랭킹'은 현재 이렇게 될까.'

——먼저 톱은 엘미라.

누가 뭐라 해도 역시 시즈마는 엘미라에게 전폭적인 신뢰를 기울이고 있다. 결코 같이 지낸 시간이 길기 때문만

이 아니다. 강한 애정을 느끼기 때문일 것이다.

──2위와 3위는 동률로 미온과 키키.

엄마 속성의 미온은 그렇다 치고 키키가 이렇게까지 치고 올라오다니 놀랍다. 나는 시즈마와 정신연령이 가장 가까운 것이 요인일 거라고 꼽고 있다.

──4위와 5위 역시 동률로 나와 주리.

한때는 '아빠' 호칭을 거머쥔 나지만 그 뒤로는 침체하고 있다. 큰 재주가 없는 나에 비해 주리에게는 I컵이라는 강력한 무기가 있다……. 내가 형세는 불리하다.

──그리고 최하위는 넘사벽을 두고 도철.

시즈마는 【마신】이 다가가면 【마신】의 머리를 팡팡 때린다. 귀와 코를 잡아당기고 뿔을 빤다. 장난감이나 애완동물이라고 인식하고 있는지도 모르겠다.

'그래도 텟짱 역시 미움받고 있지는 않아. 시즈마는 모두를 좋아해. 싸우면 크게 우니까 지금은 엘미라와 키키도 대립하는 걸 완전히 삼가고 있고.'

사도도 뱀파이어도 【마신】도 인간도 시즈마를 위해서라면 서로 협력할 수 있다.

이대로 엘미라가 도철 진영과 친해진다면 엘미라를 가교로 류가 진영과 화해를 촉진할 수 있지 않을까.

무력한 아이를 지키기 위해 주인공 진영과 적 진영이 일시적으로 단결, 함께 싸운다……. 그런 전개가 되어 준다면 제3부도 흥이 오르겠지.

——그런 생각을 하면서 코바야시 집안은 오늘도 평화롭게 저녁 식사를 마쳤다.

"미온. 당신 요리를 잘하는군요. 어디서 배웠죠?"

"이계야. 저쪽은 인간계에 비해 식재료가 적으니까 조리 방법이 중요해. 기본적으로 사도는 '식'에 무관심하지만 나는 되도록 부하에게는 맛있는 것을——."

모두의 식기를 들고 미온과 엘미라가 부엌으로 사라진다.

설거지는 동거인이 된 뱀파이어 소녀에게 부과된 일이다. 거기에 날마다 함께해주는 백로 사도는 정말 살뜰하게 남을 챙긴다고 생각한다.

주리는 목욕하러 가버리고 거실에 나랑 키키와 시즈마만 남았다.

도철은 또 밤새서 게임할 생각인지 저녁부터 줄곧 자고 있다. 질리지도 않고 다크드래곤이 마을을 습격해왔다고 한다.

"시쥬마, 보찝지오. 이쪽이 벨베론, 이쪽이 우쟈라가임니다."

차를 홀짝이는 내 옆에서 키키가 장난감 상자에서 소프비 괴수 두 개를 꺼내 부지런히 시즈마 앞에 늘어놓았다.

누나로서의 자각이 싹텄기 때문인지 요 며칠 사이 키키는 편식을 하지 않았다. 오늘도 시금치를 불평하지 않고 전부 먹었다.

"갑자기 모든 괴수를 기억하는 건 어린 시쥬마에게는 불가능합니다. 그러니까 먼저 이 두 개만 기억하십찌오."

시즈마가 의외로 흥미진진하게 지저괴수 벨베론과 빙하 괴수 우쟈란가를 바라보았다. 계속 "붸붸" 하고 말하는 걸 보니 벨베론이 마음이 든 모양이다.

그런 아기를 보고 만족스럽게 고개를 끄덕이고 바가지 머리 어린 소녀는 이어서 리모컨으로 서둘러 이번 주의 《스펙터클맨》 녹화를 재생했다.

조금 뒤 텔레비전 화면에 오프닝 영상이 흐르고 은색 거대 히어로가 나타난다.

"그리고 이게 가증스러운 스펙터클맨입니다."

"미워하게 하지 마."

지적한 나를 이어서 키키가 손가락으로 가리켰다.

"그리고 이게 희생자인 아저씨입니다. 괴수에게 짓밟힌 가엾은 일반 시민입니다."

"'역할'을 붙여! 아저씨를 비웃는 자는 아저씨에게 울게 된다!"

키키는 나의 클레임을 무시하고 자신의 무릎에 시즈마를 앉히고 텔레비전을 감상하기 시작해버렸다. 날뛰는 화면의 괴수를 보며 무척이나 자랑스러워하는 표정을 지었다.

그 모습은 정말로 사이좋은 남매 같다. 안타깝게도 둘 다 사람이 아니라는 점이지만.

……한동안 나도 《스펙터클맨》을 열심히 보고 있는데 이

내 미온과 엘미라가 돌아왔다. 내 어깨를 두드린 걸 보니 할 이야기가 있나 보다.

"왜?"

"이치로 군. 조금 전에…… 뒷마당에 사도가 있었어."

진지한 표정으로 그렇게 말한 미온을 보고 나는 작게 숨을 삼켰다.

"설마 습격인가?"

"아마 아닐 거야. 하나뿐이었고 내가 쓰러뜨리러 가기 전에 사기가 사라져버렸으니까. 아무래도 정찰만 하러 온 것 같아."

역시 엘미라와 시즈마를 이 집에 숨긴 건 이미 들켰다.

앞으로 마당에 트랩이라도 설치해둘까…… 고민하고 있는데.

빨간 곱슬머리를 손가락으로 빙글빙글 만지작거리면서 엘미라가 의문을 드러냈다.

"궁기가 부리는 사도가 몇이나 되는 거죠. 여태껏 쓰러뜨린 것만 해도 상당한 숫자가 되지 않아요?"

듣고 보니 확실히 그렇다. 궁기 진영은 놀라울 만큼 수하가 풍부하다.

월상관과의 대항전에서는 발을 묶기 위한 사도가 대략 육십 명.

지난번 히사이아의 습격에서는 사도가 대략 삼십 명.

거기에 다른 작은 전투까지 포함하면 내가 아는 것만 해도 전부 백 명 이상은 잃었다. 하지만 그것으로 궁기의 수하가 끝났다고 생각하기는 어렵다.

'인간계에는 아직 이렇게나 사도가 숨어 있었나……. 찾아도 전혀 보이지 않았는데.'

그만큼 따르는 사도가 많다는 것은 아무래도 【마신】 궁기에게는 대단한 카리스마가 있는 듯하다. 그런 어린애 같은 캐릭터인데…… 우리의 【마신】과는 엄청난 차이다.

"궁기 님이 대량의 사도를 데리고 있는 데는 바론과 히가이아 같은 장군급 존재가 커. 원래 '나락의 팔걸'은 자신의 부대를 이끌고 인간계로 왔으니까."

미온의 의견에 나는 납득이 가지 않아 고개를 갸웃했다.

"하지만 이렇게까지 완벽하게 궁기한테 붙을까? 이번에는 【마신】이 셋이나 부활했으니까 너희처럼 다른 주인을 고르는 사도가 있어도 괜찮을 텐데?"

도철은 그렇다 쳐고 혼돈은 왜 그렇게 인망이 없을까. 로리콘이기 때문인가?

"이유는 또 한 가지 있어. 궁기 님을 따르면…… 사도들에게는 '어떤 메리트'가 있어. 그러니까 여러 【마신】님이 부활하셨을 때, 궁기 님에게 많은 부하가 모이는 건 예상할 수 있었어."

"메리트? 그게 뭐야."

물어보았지만 미온이 대답하지 못한다. 나와 엘미라를 번갈아 보며 어째 주저하듯이 입을 우물거린다.

20초쯤 침묵이 흐르고 백로 소녀는 체념한 듯이 입을 열었다.

　"사실은 말하고 싶지 않지만. 【마신】님의 능력을 발설하다니 장군 실격이니까."

　"…………."

　"하지만 어쩔 수 없지. 지금의 삼 공주에게 궁기 님은 적이니까. 비밀을 밝힌 건 나의 독단이지 주리와 키키는 관계없는 걸로 해줘."

　"걱정하지 마. 어차피 텟짱에게 물어도 똑같으니까."

　"그럼 말할게…… . 궁기 님은 '사도를 부활시키는 능력'을 가지셨어. 사도들은 그 은혜를 받고 싶은 거야."

　"사도를 부활시킨다?"

　"인간계에서 사도는 죽지 않아. 쓰러뜨리면 혼화하여 이계로 송환되어 이백 년쯤 걸려 다시 자기 육체를 되찾지──그건 엘미라도 알고 있지?"

　뱀파이어 소녀가 "네, 들었어요"라고 수긍했다.

　키키는 상관없다는 듯이 여전히 텔레비전에 열중했다. 화면에 비춘 괴수 데이터를 신이 나서 시즈마에게 자세히 알려주었다.

　"궁기 님은 사도의 혼을 바로 되살릴 수 있어. 다시 쓰러뜨리면 원래대로 이백 년쯤 잠들게 되지만…… . 딱 한 번 페널티를 무효화할 수 있는 거지."

　요컨대 궁기의 부하는 한 번이긴 해도 컨티뉴가 가능하

다는 소리인가.

그랬군. 따르는 사도가 많은 것도 납득이 간다. 그들에게는 상당히 큰 메리트다. 그리고 우리한테는 상당한 디메리트다.

"알겠어? 이치로 군, 엘미라. 만약 궁기 님의 부하가 이백이라고 한다면…… 우리는 사실상 두 배인 사백 명을 상대해야 한다는 얘기야."

"한 사도를 두 번 쓰러뜨릴 필요가 있는 건가."

그건 상당히 난제다. 게다가 상대방에게는 장군급 사도가 여럿 있다.

그러니까 분장 히가이아도 한번 해치운 것만으로는 안 되고.

아오가사키가 쓰러뜨린 간장 바론 역시 아마도 다시 싸우게 될 것이다.

"그게 사실이라면 저는…… 이대로 전선을 이탈할 수는 없겠군요."

심각한 얼굴로 바닥을 응시하면서 엘미라가 불쑥 중얼거린다.

아마도 엘미라 역시 통감했겠지. 궁기라는 【마신】이 생각보다 훨씬 번거로운 상대라는 사실을. 혈족의 체면에 얽매여 본래의 전투를 빠질 때가 아님을.

엘미라가 동료 곁으로 돌아오는 것은 이제 시간문제다……. 하지만 나는 이때 다른 생각을 하고 있었다. 궁기의 능력에 의한 우리의 디메리트가 아니라 우리의 메리트를.

"이봐 미온, 엘미라."

"왜? 이치로 군."

"왜 그러시죠, 코바야시 이치로."

"그 궁기의 힘을 쓰면── 레이다를 되살릴 수 있지 않아?"

두 사람은 깜짝 놀라서 나를 눈을 동그랗게 떴다. 어느 새 키키까지 나를 보고 있다.

"어때 미온. 가능성은 있을까?"

"부, 불가능하지는 않지만……. 그건 궁기 님이 레이다의 혼을 회수하는 게 전제야. 설령 회수했다 하더라도 사도이기를 포기한 레이다를 궁기 님이 되살릴 수 있을지……."

지나친 기대는 할 수 없다는 건가.

하지만 그래도 좋다. 작은 희망이라도 있다면 충분하다.

……엘미라와 키키가 복잡한 표정으로 시즈마를 바라보았다.

두 사람의 심정은 이해한다. 만약 레이다가 부활한다면 당연하지만 시즈마를 돌려주어야 한다. 진짜 엄마는 레이다이니까.

그렇게 되면 우리의 역할은 끝난다. 시즈마와도 영원히 헤어지게 될지도 모른다.

'그야 물론 나도 쓸쓸하지만……. 시즈마에게는 그게 제일 행복한 형태일 거야. 임시라도 아빠라고 불린 이상 나

는 가장 좋은 길을 향해야 한다.'

그렇게 결의를 새로이 다졌을 때 목욕하고 나온 주리가 거실로 돌아왔다.

"후우, 기분 좋은 목욕이었어. 다시 한번 씻고 나올 걸 그랬나."

젖은 금발머리를 수건으로 감싸며 기분 좋게 우리 옆에 앉는 엄청난 글래머 누님. 실크 캐미솔이 몹시 요염했다.

"이치로 님, 먼저 욕실을 썼습니다. 오늘 입욕제는 라벤더예요."

"그보다 주리, 마침 지금 궁기의 능력에 대해——."

"아, 맞아요. 엿보는 자가 있어서 해치워두었습니다."

"응?"

"궁기 님의 부하로 보이는 카멜레온형 사도예요. 전라로 마당으로 나간 덕에 오한이 들뻔했어요."

……그건 조금 전 미온이 말한 정찰 목적인 듯한 사도를 말하는 건가.

그 녀석의 사기가 사라진 건 주리가 쓰러뜨렸기 때문인가? 그런데 이 글래머 누님, 알몸으로 바깥에 나간 건가?!

"굳이 알몸으로 쓰러뜨리러 갈 건 없잖아! 너 노출벽까지 있는 거냐!"

"사도도 놀라더군요. 그리고 뒷집의 히라노 씨도 놀라셨어요."

"들키지 말라고! 뒷집의 히라노 씨한테!"

"걱정하지 마세요. 사도를 처리한 모습은 들키지 않았사옵니다."

"정말이겠지……."

"네. 인사도 했습니다. '안녕하세요. 아직 덥네요'라고."

"알몸으로!"

"네. 마침 정원에 제 속옷이 널려 있어서 그 자리에서 입었습니다."

"히라노 씨 완전 패닉이었겠지!"

참고로 히라노는 뒷집에 있는 낡은 연립에 사는 독신 회사원이다. 일 년 전에 이사 온 사람으로 이야기는 별로 한 적이 없다.

동네 쓰레기 줍기 활동에도 적극적으로 참여하고 있는 선량해 보이는 형이다. 나이는 20대 후반으로 그럭저럭 유명한 대학 출신인 듯하다.

고등학생 혼자 살던 코바야시 집안에 점점 여자가 늘어나고 이제는 아기까지 있다는 것을…… 히라노는 어떻게 생각했을까.

3

"아아. 궁기의 능력이라면 나도 혼돈에게 들었어."

다음 날 수업이 끝난 후. 교실에서 류가에게 【마신】 궁기 이야기를 꺼내자 그녀는 이미 그 정보를 파악하고 있었다.

평소 같으면 곧바로 집으로 돌아가는 류가지만 오늘은 느긋하게 돌아갈 준비를 하고 있다. 쿄카의 상태가 조금은 차도가 있어서 오랜만에 나랑 다른 데를 들렀다 돌아가기로 했다.

"그래. 벌써 알고 있었구나. 사도를 두 번 쓰러뜨려야 한다니 꽤 귀찮게 됐어."

"그러게 말이야. 특히 경계해야 하는 건 역시 장군급 사도인가. 판명된 것만으로도 바론이랑 히가이아라고 했나?"

"응. 잉어형인 노상 화나 있는 녀석——이라고 해."

분장 히가이아에 관한 이야기는 당연히 류가에게 전했다.

다만 나는 그 이야기를 엘미라에게 들은 것으로 했다. 실제로 히가이아와 만난 얘기를 하면 이래저래 입을 잘못 놀리고 말 것 같다.

"그런데 류가. 쿄카가 무슨 말 안 했어? 나를 만나고 싶지 않은 이유에 대해서."

"미안. 몇 번이나 묻기는 했는데 대답해주지 않아서……. 요새는 혼돈까지 표정이 어둡고, 히노모리 저택은 어쩐지 공기가 어두워."

류가가 한숨을 쉬고 내 어깨를 탕탕 두드린다. 정신적 피로로 어깨가 결리는 모양이다.

'혼돈 아저씨까지 어두운 건가. 소란스러운 우리 집이랑은 정반대로군.'

히노모리 쿄카를 그릇으로 삼은 【마신】 혼돈은 숙주를 끔찍이 생각한다. 계속 쿄카가 몸져누운 상태라면 상당히 우울한 것도 어쩔 수 없나.

"류가. 전에도 말했지만 너무 깊이 매달리지 마? 쿄카는 그렇다 치고 엘미라라면 괜찮으니까. 조만간 설득할 수 있을 거야."

"응. 잘 부탁해. 나는 이제 엘은 크게 걱정하지 않으니까. 이치로가 보조해주고 있다면 그쪽은 괜찮겠지."

"신뢰해주는 건 기쁘지만…… 과도한 기대는 그만두라고? 나는 원래 네 케어가 전문이니까? 그러기 위한 존재라고?"

울컥해서 몇 번이고 말하자 류가는 쓴웃음을 지으며 어깨를 으쓱했다.

"흐응. 이치로는 내 케어 전문이구나."

"그래. 주로 일상 파트에서 네가 유쾌하게 지내도록 보조하는 일이지."

"그럼 이따가 살짝 응석 부려도 돼?"

"아기 플레이인가?"

"연인 플레이야!"

저도 모르게 큰 소리를 내고 만 류가가 허둥지둥 입을 막는다. 다행히도 교실에는 몇 명밖에 남아 있지 않았고 우리를 엿보는 애도 없었다.

"그럼 이치로, 갈까."

가방을 들고 자리에서 일어난 류가에게 나는 "응" 하고 대답하고 따라갔다.

……사실 오늘의 샛길은 거리 데이트가 아니다. 지금 우리는 오메이 고등학교의 보건실로 향하고 있다.

그렇다. 주리의 모습을 살피러 가는 것이다. 보건교사 헤비즈카 선생의 존재는 이미 유키미야가 동료들에게 전했고, 어떻게 일하는지 불시에 확인하러 가는 것이다.

이제는 류가도 삼 공주가 다른 '나락의 사도'와는 다르다는 사실을 이해해주고 있다.

그렇지만 학교에 사도가 잠입해 있다고 하면 시찰하고 싶은 건 당연하다. 류가에게는 주리 역시 고민의 씨앗 중 하나다.

'음, 주리는 보건교사를 천직이라고 했으니까……. 착실하게 일하는 모습을 보면 류가의 걱정도 조금은 덜겠지.'

학교 건물 1층으로 내려간 우리는 그대로 보건실 앞까지 왔다.

노크하고 나서 조용히 문을 열자 정말로 그곳에 백의를 입은 킹코브라 사도가 있었다.

"어머나, 코바야시 군에 히노모리 군. 어서 오렴."

책상에서 서류 정리를 하던 헤비즈카 선생님이 바퀴 달린 의자를 휙 돌려 우리 쪽으로 방향을 틀었다. 천연덕스럽게 성으로 불렀다.

"무슨 일이니? 기분이라도 안 좋아?"

"아니, 네가 성실하게 보건교사를 하고 있는지 보러 왔어.

아무튼 일단, 헤비즈카 선생님 모드 그만둬."

"에이 이치로 님, 공사는 확실히 구분하고 싶다고 말씀드렸잖아요."

내가 문을 닫자마자 주리가 하는 수 없이 평소 버전으로 돌아왔다. 우아하게 꼰 매끈하고 긴 다리에 분별없이 시선을 빼앗기고 말았다.

"오늘은 방문자 제로? 평소에는 줄이 생길 정도로 북적이잖아."

"수업이 끝나면 대개 이래요. 조금 전까지는 3학년 남학생이 왔었죠. 단골 중 한 명인데 끈질기게 '한 번만 데이트 해주십시오'라면서."

"그런 괘씸한 놈이 있나……."

"곤란해요. 학생회의 사사키 군에게도."

사사키였다.

이전에 월상관 멤버로 우리와 시합한, 불행히도 도철과 대전해버린, 나를 잔챙이 캐릭터로 취급해준 이해자 사사키 요스케였다.

'조금 더 빨리 올걸. 또 조롱해줬을지도 모르는데…….'

내가 실망하고 있는데 옆에 있던 류가가 천천히 한 걸음 나아갔다. 곧장 주리를 바라보며 늠름한 주인공 모드로 말한다.

"주리. 월상관과의 대항전에서는 신세 졌군."

"어머, 무슨 일이 있었던가?"

"사도 집단 섬멸을 도와주었잖아. 너와 키키가."

"후후. 딱히 도와준 기억은 없네. 삼 공주로서 할 일을 했을 뿐……. 나는 직무에는 충실하거든."

주리가 매력적인 미소를 지으며 꼰 다리를 바꾼다. 타이트스커트 기장이 짧아서 상당히 아슬아슬했다. 사사키가 뻔질나게 드나들고 싶어 하는 것도 이해가 간다.

"한 가지 물어도 괜찮겠나, 주리. 어째서 우리 학교에서 일하려고 했지?"

"여기에 있으면 무슨 일이 일어났을 때 신속하게 이치로 님의 도움이 될 수 있겠지? 아시다시피 제 주인은 도철 님……. 그 그릇이신 이치로 님을 지키는 것 또한 나의 직무란다."

"이치로랑 텟짱을 위해서인가……."

"텟짱이라고 부르지 말아 주겠어? 그래도 위대한【마신】님이야."

주리가 불만을 표명했지만 도철 본인이 희망해서 텟짱이라고 부르게 된 것이다.

단, 류가는 도철이 눈앞에 있을 때는 닉네임으로 부르지 않는다. 어째서인지 도철이 없을 때만 '텟짱'이라고 불렀다.

이것도 츤데레의 일종일까. 아니면 히노모리의 인간으로서, 그리고 주인공으로서의 분별일까.

"어쨌든 네가 보건 교사 일을 성실하게 하는 건 알았어.

큰 문제를 일으키지 않는 한, 일단 나는 묵인하려고 해."

"어머, 사도를 간단히 신용해도 될까? '용신의 계승자' 씨."

"너희 '나락의 삼 공주'는 텟…… 도철의 부하잖아? 동시에 이치로의 부하이기도 하고? 그렇다면 일단 신용해보려고 해. 서로 이해하기 위해서는 먼저 우리가 성의를 보여야지."

"후후후. 당신, 생각보다 아량이 넓네. 멋져."

주리가 요염하게 웃더니 갑자기 의자에서 일어난다. 그러더니 류가에게 걸어간다.

그대로 등 뒤로 돌아가 심지어 양어깨에 손을 얹은 킹코브라 사도에게 류가는 아무런 대응도 하지 않았다. 얼굴색 하나 바꾸지 않고 그저 앞을 응시했다.

"대담한 건 좋지만 조금 부주의하지 않아? 손쉽게 뒤를 내주다니."

"너에게 살의가 없으니까. 그리고 설령 무언가 하려 해도——내가 더 빠르다."

주인공과 적 간부가 꽤 멋진 대화를 주고받는다.

매우 좋다. 이런 강자들의 위태로운 대화는 나도 무척 좋아한다.

한동안 보건실 안이 팽팽한 침묵에 휩싸였다. 설마 진짜로 전투가 시작되지는 않을 테지만……. 만약을 대비해 언제든 말릴 준비를 해두자.

"그런데 히노모리 류가. 당신——."

"뭐지."

"어깨가 심하게 뭉치지 않았어?"

긴박한 공기가 눈 깜짝할 사이에 날아갔다. 자세히 보니 주리의 양손이 조금 전부터 류가의 어깨를 주무르고 있었다.

"어머나, 승모근도 견갑골도 딱딱하잖아. 잠깐 침대로 가서 엎드려. 가볍게 풀어줄게."

"응? 아, 아니, 됐어."

"내 보건실에 온 이상 이런 상태로 돌려보낼 수는 없지. 당신도 이 학교 학생이 분명하니까."

"배려는 고맙지만 사양하지. 아무리 그래도 사도의 마사지를 받기는……."

"어깨 결림은 피부에도 안 좋은데? 어깨와 목이 뭉치면 얼굴 혈액순환이 나빠지니까."

그 한마디에 류가가 움찔 반응했다.

등 뒤를 내주고도 낯빛 하나 변하지 않았던 류가가 '피부'라는 단어가 나오자마자 노골적으로 안색이 확 달라졌다.

"그, 그렇게 뭉쳤나……."

"자각은 있을 거야. 혹시 당신, 사실은 가슴이 커? 어깨가 뭉치는 여성은 가슴도 뭉치는 케이스가 대부분이니까."

"그렇구나……."

"속는 셈 치고 마사지를 받아봐. 나를 신용하지?"

"그럼…… 조금만 부탁해볼까."

"알았어. 이치로 님, 이렇게 됐으니 10분 정도 기다려주세요."

나에게 고개를 가볍게 숙이더니 류가를 침대로 데려가는 헤비즈카 선생님. 커튼이 착 닫혀버려서 나는 홀로 남겨지는 꼴이 되었다.

'얼마나 열심히 일하는 거야…….'

우두커니 홀로 서 있는 내 귀에 얼마 지나지 않아 주리와 류가의 목소리가 들렸다.

"흠…… 어깨 이외의 부분도 상당히 뭉쳤어. 여기나, 여기."

"앗, 응."

"그렇다면 여기도 느끼겠지?"

"크앗."

"이런 건 어때?"

"하아앙."

……음성만 들으면 상당히 위험한 수위다.

야한 짓을 한다고 의심하니 사실은 마사지였다── 이건 누구나 한 번은 본 적 있는 트릭이라고 생각한다. 그러나 처음부터 어떤 트릭인지 밝힌 경우, 어떻게 리액션하면 좋은지 모르겠다.

그러나 조금 전까지 늠름했던 류가의 목소리가 완전히 여자애로 돌아가 버렸다. 과연 이 장면은…… 코미디로 성립하는 걸까?

"후후후, 근사한 표정이 되었네 히노모리 류가."

"크으…… 이제 그만……."

"정말로 그만둬도 돼? 좀 더 원하는 것 같은데? 자, 여기는 어때?"

"우, 아……!"

"솔직히 말해. 기분 좋지?"

"그, 그런……."

"고집부리면 안 되지. 아무리 부정해도 몸은 솔직하게 반응하고 있어."

……코미케에 잘 나오는 얇은 책 같은 전개가 되고 있다.

"다시 한번 묻겠어, 히노모리 류가. 정말로 그만뒀으면 해? 그만둬도 되겠어?"

"그…… 그만하지 마."

"그건 기분이 좋다는 말인가?"

"……응."

"똑바로 말해. 말하면 좀 더 굉장한 일을 해줄게."

"기, 기분 좋아. 기분 좋다구우우!"

"착한 아이네. 그럼 바람대로 상이야. 자, 몸도 마음도 녹아버리라고!"

"아앗, 안 돼! 싫어! 이런 거 이상해, 내가 이상해 진다구우우우!"

"너희! 그만 좀 해!"

나는 트릭을 들킨 소재를 끝없이 반복하는 주인공과 전

간부에게 끝내 시비를 걸었다.

커튼을 붙잡고 열자 정말로 엎드린 류가의 등에 주리가 올라타 있었다. 우리의 히어로가 적 캐릭터에게 깔려 있었다.

"역시 마사지냐! 이 지경까지 왔으면 하다못해 정말로 야한 짓을 해! 그러지 않으면 끝낼 수가 없잖아!"

소리지르는 나를 류가가 초점 없는 눈으로 "후에……?" 하고 쳐다본다. 통탄스럽게도 입에서 침이 살짝 흐르고 있었다.

"이치로, 보지 마……. 이런 나를 보지 마……."

"정신 차려, 류가! 무슨 꼴이야! 수호신인 【황룡】이 울고 있다고!"

"마사지에는…… 이기지 못했어……."

"2차 창작 같은 소리 하지 마! 이 장면, 전부 커트다!"

그 뒤. 어깨 결림이 깨끗하게 나은 류가는 상쾌한 표정으로 보건실을 나왔다.

게다가 어이없게도 나올 때 "또 부탁해도 될까, 마사지"라며 헤비즈카 선생님에게 예약을 했다.

주인공까지 보건실 단골이 되려 하고 있었다.

4

류가에게 엄중하게 주의를 준 뒤.

나는 히노모리 저택 근처까지 류가를 바래다주고 그대로 집으로 돌아가기 시작했다.

'정말이지 류가 녀석…… 요새 너무 멍청해지지 않았어?'

속으로 그렇게 투덜거리면서 심호흡 같은 특대 한숨을 쉬었다.

아오가사키에게 여자라고 들킨 건도 그렇고, 조금 전 마사지 건도 그렇고, 최근 류가는 이상하게 실수가 잦다. 여자애 성분이 날마다 더해가는 느낌이다.

'벌써 제3부가 시작됐다고. 다음을 다잡게 해야 해.'

주리가 돌아오면 그 녀석에게도 설교해야 한다. 조금 더 복종심을 길러야 한다…… 그런 생각을 하는데 인도 옆에 공원이 보였다.

그 공원은 자주 류가와 히로인들이 모이는 단골 장소다. 사도와의 전투무대가 된 적도 있고, 어째서인지 판다 오브제를 노란색으로 칠해놓았다.

시각은 오후 5시가 지날 무렵, 아직 공원 안에는 곳곳에 드문드문 사람들이 보인다.

특별히 공원에 들를 이유도 없어서 부지 옆 인도를 어슬렁어슬렁 직진한다. 그런데.

'어라……?'

갑자기 나는 걸음을 멈추었다. 인도에서 보이는 울타리와 나무 너머로 아는 여고생 세 명이 있었기 때문이다.

한 사람은 허리까지 닿는 포니테일, 캔버스로 만든 목도

짐을 든 큰 키에 늘씬한 검사.

한 사람은 긴 생머리, 가녀리면서도 기품이 느껴지는 청순한 좋은 집 아가씨.

한 사람은 타오를 듯한 붉은 머리카락, 교복을 헐렁하게 입은 눈물점의 외국인.

더 말할 필요도 없이——아오사키 레이, 유키미야 시오리, 엘미라 매카트니였다. 한때 내가 히로인 삼대장이라 부른, 이 이야기의 메인 캐릭터들이다.

'어째서 엘미라가 저 두 사람과?!'

나는 거의 무의식중에 울타리를 넘어 풀숲에 몸을 숨기며 살금살금 다가갔다.

그런 나를 알아채지 못하고 세 사람은 대화도 없이 마주하고 있다. 내가 봐도 훌륭한 스텔스 성능이다.

'엘미라가 동료와 만나기는 이래저래 이십 일 정도만인가…….'

기척을 죽이고 상황을 살피자 마침내 아오가사키가 입을 열었다.

"엘미라. 설마 이런 곳에서 이렇게 간단히 너를 맞닥뜨릴 줄은 몰랐군."

이어서 유키미야가 입가에 미소를 지으며 걱정하듯이 말한다.

"깜짝 놀랐지만 건강해 보여서 다행입니다."

그런 그녀들의 말에 입술을 깨문 채 고개를 숙인 뱀파이어 소녀.

지금 한 말들을 종합하면 엘미라는 어떤 이유로 외출했다가 두 사람에게 발견 당한 것 같다. 여기에도 멍청이가 있었나.

"……제멋대로 행동한 건 나도 알아요."

동료들과 눈도 맞추지 않고 엘미라가 툭 내뱉었다.

"당신들에게 폐를 끼치지 않으려고 했는데 결과적으로 막대한 민폐를 끼친 것도 잘 알아요."

……엘미라는 시즈마에 대해 말할 생각일까.

예상 밖의 형태지만 이것으로 잘됐는지도 모른다. 오히려 늦었을 정도다.

"레이 씨, 시오리 씨. 사실은 저——."

"엘미라, 사정을 말할 필요는 없어."

거기서 아오가사키가 곧바로 엘미라의 고백을 가로막는다. 어리둥절한 뱀파이어를 향해 아오가사키는 시원스러우면서도 온화하게 활짝 웃었다.

"확실히는 너는 변덕스럽고 자유분방하지만, 이 정도로 일을 만들었을 때는 틀림없이 합당한 이유가 있겠지. 이유를 굳이 캐물을 마음은 없다…… 하지만."

"…………."

"만약 대답해준다면 한 가지만 단적으로 묻고 싶어. 그건 너에게——무엇보다도 우선해야 할 중요한 일이지?"

"네. 혈족의 우두머리인 저의 책무예요. 처음에는 그렇게 생각했지만……."

사그라질 듯한 목소리로 엘미라가 대답하자 아오가사키는 바로 고개를 끄덕였다.

"알았다. 단, 되도록 빨리 돌아와."

"지, 지금 한마디로 납득한 거예요?"

"충분해. 매카트니 가문의 당주라는 너의 입장은 우리도 안다. 네가 그 일에 강한 긍지와 책임감을 지녔다는 사실도 포함해서."

"하, 하지만 개인적인 행동으로 【주작】으로서의 사명을…… 원칙대로라면 제재를 받아야 할 일이에요."

풀이 죽어 고개를 떨어뜨린 '상암의 혈족'의 이마를 느닷없이 '참무의 검사'가 딱 하고 딱밤을 때린다.

"아얏!"

"얌전한 소리 하지 마. 너답지 않아. 평소에 얄밉게 떠들던 입은 어디로 갔지?"

"좀 적당히 하세요! 진짜로 제재를 가하지 말아 주시겠어요?!"

"게다가 제멋대로 행동한 거면 피차일반이다. 나도 본가의 도장 문제로 모두에게 많은 폐를 끼쳤다. 그러니까 너도 눈치 볼 필요 없어. 내키는 대로 하면 돼."

"레이 씨……."

이마를 누르며 입을 다무는 엘미라에게 이번에는 유키미야가 한 걸음 다가간다. 유키미야는 가방에서 스프링 노트 다발을 꺼내더니 뱀파이어 소녀에게 건넸다.

"그 대신에 공부는 제대로 하세요. 이거, 엘미라 씨가 쉬는 동안 수업을 정리한 거예요. 밤은 다르지만 수업 내용은 같을 테니까요."

"시오리 씨……."

"엘미라 씨라면 금방 따라잡을 수 있겠죠. 뜻밖에 성적은 우수하시니까요."

"'뜻밖'이란 말은 안 붙여도 돼."

"걱정되는 건 가정과목 정도네요."

"부정은 하지 않지만 요리만은 당신에게 크게 이긴답니다."

"우후후, 또 그런다. 미각치인 건 아는걸요?"

"시오리 씨. 오늘 당신 조금 독기가 있지 않나요? 이것도 제재인가요?"

"엘미라 씨가 돌아올 때까지는 제가 얄미운 입을 담당하겠습니다."

장난스럽게 말한 '축명의 무녀'를 보고 잠시 뒤 엘미라와 아오가사키가 동시에 품 하고 웃음을 터뜨렸다. 분위기가 빠르게 누그러지는 게 수풀에 숨은 나도 알 수 있었다.

……역시 히로인의 유대는 무척 견고하다. 물론 그 중심에는 히노모리 류가가 있지만, 그녀들은 이렇게 개개인으로도 단단히 이어져 있다.

'딱 한 가지 아쉬운 점은…… 여기에 쿠로가메가 없다는

건가.'

모처럼 사신들이 유대를 서로 확인하는 장면인데 어째서 그 거북이는 결석한 건가. 어째서 엮이려 하지 않는 건가. 【현무】여, 네가 글러 먹은 건 이런 점이라고? 그러니까 삼 공주와의 라이벌 관계에도 끼지 못한 거잖아?

내가 남몰래 '성벽의 수호자'를 질책하는데, 이내 아오가사키와 유키미야가 발길을 돌렸다. 결국 시즈마에 대해 모른 채 엘미라를 남기고 멀어진다.

"엘미라. 만에 하나를 대비해 휴대전화 전원만큼은 켜 놔. 그리고 무슨 일이 있거든 바로 우리를 불러."

"코바야시 씨가 함께 있으니 어지간한 사태는 걱정 없을 거라고 보지만……. 【마신】 궁기의 움직임에는 아무쪼록 주의하십시오."

그렇게 말하고 떠나는 두 사람의 등을 엘미라는 줄곧 바라다보았다. 해 질 녘의 산들바람에 붉은 곱슬머리를 나부끼면서 언제까지고.

아마도 엘미라는 지금 동료의 고마움을 크게 곱씹고 있겠지.

……나도 재빨리 공원을 이탈해 집으로 돌아가기로 했다.

엘미라에게 말을 걸까 했지만 자중했다. 이 장면에 나는 필요 없을 것이다. 단순한 친구 캐릭터가 뻔뻔하게 나설 장면이 아니다.

'아마도 조만간에 엘미라는 류가에게 털어놓을 거야. 이

걸로 드디어 이번 에피소드에 주인공 진영도 엮을 수 있어⋯⋯.'

시즈마를 소개하면 메인 캐릭터들은 어떻게 반응할까.

우리 애의 사랑스러움에 푹 빠져버리지 않을까⋯⋯. 무척 기대된다.

"――코바야시 이치로. 잠깐 할 이야기가 있는데, 괜찮을까?"

그날 밤. 밤 11시가 지나 미온과 주리도 자기 방으로 들어간 타이밍.

아니나 다를까, 엘미라가 나에게 말을 걸었다.

물론 흔쾌히 대답하고 조용해진 거실에서 서로 마주한다. 방은 현재 테이블이 구석에 세워놓고 대신에 이불이 두 채 깔려 있었다.

우리 집에 온 뒤로 엘미라와 시즈마는 거실에서 자고 있다. 미안하지만 우리 집에는 더 이상 남은 방이 없다.

"엘미라, 역시 방을 마련하는 편이 좋을까?"

먼저 그런 대화부터 시작해보니 뱀파이어 소녀는 곧바로 고개를 가로저었다.

"문제없어요. 어느 방이나 분명히 멍멍이가 숨어들 거고요."

"오늘도 와 있구나⋯⋯."

잠든 시즈마 옆에는 키키가 꼭 붙어 새근새근 자고 있었다.

이건 이제 일상적인 일이다. 엘미라도 처음에는 귀찮아했지만 이제는 포기했다. 키키가 함께 자면 어째서인지 시즈마는 밤중에 울지 않는다.

'키키 녀석, 완전히 누나네…… 자기도 어린애지만.'

참고로 머리맡에는 벨베론 외 괴수 소프비 군단이 죽 늘어서 있다. 마치 시즈마를 호위하듯이.

"……이번 일, 삼 공주에게 큰 빚을 졌네요."

키키와 시즈마를 바라보면서 엘미라가 진지한 목소리로 중얼거린다.

"설마 '나락의 사도'와 같이 살게 될 줄은 꿈에도 몰랐지만……. 그 덕분에 그녀들의 민얼굴을 알 수 있었어요."

"음, 이 녀석들은 사도 안에서도 좀 특수할지도 모르지만. 하지만 사도의 사적인 모습을 볼 수 있었던 게 값졌지?"

"그러네요. 【마신】도철도 그렇고 미온과 주리, 그리고 멍멍이도……. 처음에 만난 인상과는 상당히 달랐으니까요."

거기서 엘미라가 "하지만" 하고 나를 빤히 바라본다.

"역시 제가 진심으로 신뢰할 수 있는 건, 한 점 의혹 없이 '동료'라고 부를 수 있는 건…… 류가, 레이 씨, 시오리 씨, 리나 씨예요."

당연하다. 아무리 삼 공주에 대한 인식이 달라졌다고 해도 아직 며칠간의 교류다. 그렇게 손쉽게 신뢰 관계가 싹틀 리가 없다. 그리고 쿠로가메도 들어가서 다행이로군.

"사실은 오늘 레이 씨와 시오리 씨를 우연히 만났어요."

"…………."

"맨션에 두고 온 학교 교과서와 노트를 가지러 갔다 돌아오는 길에……. 호되게 비난받을 것도 각오했지만 두 사람은 저를 나무라지 않았어요."

처음부터 끝까지 똑똑히 목격했지만 당연히 말하지 않았다.

그런가. 엘미라는 교과서와 노트를 가지러 돌아갔던 건가. 그 말인즉 조만간 학교로 돌아가겠다는 거겠지.

"류가도 말했어. '걱정될 뿐이지 화나지는 않았다'고."

"그래요……. 역시 코바야시 이치로의 말대로 저는 맨 먼저 동료들에게 의논해야 했을지도 모르겠네요. 그러고 보니 미온에게도 혼이 났어요. 이럴 때 의지해야 동료가 아니냐고."

그러고는 한동안 말없이 있다가 다시 엘미라가 털어놓듯이 말한다.

"저는—— 철이 들었을 때는 이미 양친이 돌아가셨어요."

"어……."

"아카토리 히데오와 마찬가지로 사고사라고 들었어요. 저에게는 할머님이 계셨지만 그래도 외롭지 않았다고 하면…… 거짓말이겠네요."

혹시 엘미라는 자신의 경우를 시즈마와 겹쳐보았던 것일까.

거기에 매카트니 가문의 당주라는 사명감도 더해져 오

기를 부리고 말았는지도 모른다. 그녀에게 혈족의 유대는 돌아가신 부모님과의 유대이기도 했다.

"제 행동은 결국 독선이었겠죠. 만약 저 혼자였다면 오늘까지 시즈마를 지킬 수 있었을까요……. 감사해요, 코바야시 이치로."

"아, 아니, 나 따위 특별히 아무것도……."

"삼 공주의 협력을 얻은 것도, 동료들 사이에 끼어 들어준 것도, 전부 당신이니까 할 수 있던 일이에요. 역시 코바야시 이치로는 믿음직하네요."

칭찬받아 황공하지만 그다지 반기며 기뻐할 수 없다.

이렇게 매번 에피소드에 휘말려버리니까 궁기에게도 "이제 네가 주인공을 해"라는 권유를 받아버린 거다.

적당히 자중해야겠다. 이 페이스로 존재감을 계속 발휘했다가는 언젠가 정말로 내 피겨가 발매될지도 모른다. 만든 회사는 엄청난 적자가 나겠지.

'앞으로는 두 번 다시 스토리에 깊이 개입하지 말자. 사도를 발견해도 절대로 전투하지 않겠어. 시선을 맞추지 말고 아래를 보고 지나치자.'

그런 방침을 다시금 굳히고 있을 때.

정면에 있던 뱀파이어 소녀가 어느새 옆에 있었다. 게다가 하필이면 내 어깨에 머리를 툭 얹었다.

'아, 아차! 생각에만 잠겨 있다가 적의 접근을 허용해버렸어!'

자기의 어리석음에 이를 갈았지만 이미 늦었다. 엘미라의 머리를 치울 수도 없는 노릇이다.

"당신과의 유사 부부 생활, 생각보다 훨씬 즐거워요. 튜토리얼은 완벽했다고 해야겠네요."

"…………"

"언젠가 당신을 제 고향에 데리고 가고 싶어요. 틀림없이 할머님도 코바야시 이치로를 마음에 들어 하시겠죠."

……위험하다. 이대로는 할머님을 소개받고 만다. 진짜로 혈족에 들어가버리겠다.

'어떻게든 피해야만 해…….'

이럴 때의 대응 매뉴얼로 "응? 무슨 말 했어?"라고 시치미를 떼는 기술이 있다. 이렇게 되물으면 상대 여자는 "아니, 아무것도 아냐. ……바보"라며 따지기를 그만둔다고 한다. 밑져야 본전──시험해볼까.

"코바야시 이치로. 사도와의 전투가 끝나면──고향에 따라와 주겠어요?"

"응? 엘미라, 무슨 말 했어?"

"그러니까 제 고향에 가자는 이야기예요."

"응? 뭐라고?"

"제 고향에."

"응? 뭐?"

"때릴 거예요."

엄청나게 무서운 얼굴로 노려보았다. 뭐야 이 기술! 전혀 소용이 없잖아!

"당신, 조금쯤 무드 조성에 협력할 마음은 없어요? 애초에 제가 딱 붙어 있는데 어깨 하나 감싸려 하지 않다니 대체 어떤 생각——."

뱀파이어 소녀가 설교를 시작한 그 순간.

내 주머니 안에서 착신음이 들렸다. 전화가 왔다.

'나이스 타이밍! 누구인지 모르지만 도움 고마워!'

점점 더 기분 나빠 하는 엘미라에게 사과하고 휴대전화를 꺼낸다. 혹시 또 궁기인 건…… 하는 위구심이 머릿속을 스쳤지만 아무리 그래도 휴대전화 번호까지는 모르겠지.

"어라? 류가?"

화면에 표시된 발신자 이름은 우리의 주인공이었다. 메시지라면 모를까, 이런 시간에 전화를 하다니 웬일이지.

'혹시 오늘 공원에서의 일을 아오가사키 선배나 유키미야에게 들었나?'

그런 추측을 하면서 전화를 받았다—— 불과 일 분 뒤.

나는 집을 뛰쳐나와 쏜살같이 히노모리 저택으로 질주했다.

류가의 전화는 도움 따위가 아니었다. 그 정반대…… 나에게 도움을 요청하는 SOS였다.

'제길! 이게…… 이게 무슨 일이야!'

쿄카의 상태가 급변했다——그것이 전화 내용이었다.

그러나 나는 아직 몰랐다. 이 엄청난 일이 겨우 서곡에 지나지 않았음을.

오늘 밤, 나는 적어도…… 앞으로 여섯 번은 "이게 무슨 일이야"라고 말하는 처지가 된다는 것을.

5

"이치로! 쿄카가, 쿄카가 죽겠어!"

쿄카의 상태 악화를 알린 류가의 목소리는 일찍이 들어본 적 없을 만큼 이성을 잃은 상태였다.

무리도 아니다. 하나뿐인 동생이 위독한 상태이니 패닉에 빠지는 것도 당연하리라.

하지만 류가의 말에는 딱 한 가지 걸리는 점이 있었다.

"혼돈이 당장 이치로를 부르래! 쿄카를 구할 수 있는 사람은 이치로뿐이래!"

류가가 119가 아니라 나에게 연락한 건 【마신】 혼돈의 지시인 듯하다.

전화로는 자세히 묻지 못했지만 사실은 혼돈은 이전부터 쿄카가 어째서 아픈지 짐작 가는 바가 있었다고 한다. 혼돈이 침울해 있던 이유가 그 때문이었나.

아무튼 내가 뭐라도 할 수 있는 일이 있다면—— 가는 수밖에 없다.

그런 이유로 나는 엘미라에게 빈집을 부탁하고 십 분도

걸리지 않아 히노모리 저택으로 달려갔다.

현관에 나와 마중 온 류가의 안내로 서둘러 쿄카의 방으로 직행했다.

아니나 다를까 이부자리에 누운 쿄카와 옆에서 쿄카를 가만히 지켜보는 혼돈의 모습이 보였다.

"……왔나, 도령."

나에게 작고 나직하게 말했지만 혼돈은 숙주에게서 시선을 떼지 않는다.

그에 따라 나도 우선 쿄카의 상황을 확인한다.

땀에 젖은 얼굴로 끙끙거리는 쿄카는 눈에 띄게 초췌했다. 트레이드마크인 양 갈래머리도 지금은 풀어서 딴 사람 같다.

'이건 위험하군……. 빨리 어떻게든 처치하지 않으면 큰일 나겠어…….'

점점 초조해지는 내 옆에서 류가가 울음을 터뜨릴 것 같은 얼굴로 외쳤다.

"혼돈! 이제 그만 알려줘도 되잖아! 쿄카가 이렇게 된 원인은 뭐야?! 이치로라면 구할 수 있다니 대체 무슨 말이야?!"

"쿄카땅의 쇠약 원인은── 이 몸이다."

드디어 우리를 바라보며 그렇게 고백한 기골이 장대한 거한.

나와 류가는 동시에 입이 떡 벌어지고 얼이 빠진 채【마신】
을 눈을 동그랗게 떴다.

　"무, 무슨 말이야……?"

　"이 몸은 이전에 네놈들에게 패배해 대부분의 힘을 잃
었다. 간신히 잠들지 않았지만 다시 힘을 되찾으려면 백
년 단위의 세월이 걸려야…… 했다."

　안다. 그러니까 도철과 달리 이제 혼돈에게는 전투력이
남아 있지 않다. 고작해야 제2부의 최종 전투처럼 단시간
의 가벼운 전투밖에 할 수 없다.

　"이 몸의 힘이—— 예상 이상으로 빨리 회복하고 있어.
쿄카땅의 생명력을 양식으로 삼아서 말이지."

　"뭣……."

　"쿄카땅의 생기를 이 몸의 의사와 관계없이 흡수하고 있
는 거야."

　설마 그게 쿄카땅이 아픈 원인이었다는 건가?

　……혼돈의 말로는【마신】에게 숙주란 단순한 '그릇'이
아닌 듯하다.

　그들은 미량이지만 숙주에게 생명 에너지를 공급받아
활동하고 있다고 한다. 따라서 생명력의 강함은 그릇으로
서 가장 중요한 자질이라고 한다.

　"통상이라면 그 정도로 숙주가 약해지거나 하지 않아.
이른바 대기전력 정도만 가져다 쓰는 거니까. 하지만 극도
로 힘을 소모한 지금의 이 몸은…… 쿄카땅에게 생명력을

송두리째 빼앗으려 하고 있다. 그리고 이 상황은 이 몸 스스로도 어쩔 도리가 없어."

"그, 그런……."

"어중간하게 잠들지 않은 게 잘못이었다. 잠든 상태라면 몇백 년에 걸쳐 조금씩 에너지를 받았을 것을……. 설마 힘을 잃은 채 깨어 있는 것이 이토록 숙주의 부담이 될 줄이야……."

──이게 무슨 일이야. 요컨대 이번 사태는 혼돈조차 예상 밖인 것이다.

혼돈이 제1부의 전투로 쓰러지고 약 3개월. 쿄카는 그동안 줄곧 생명력을 빼앗겼다는 말이다.

히노모리 가문의 딸인 쿄카는 일반인보다 생명력이 상당히 강하다. 덕분에 한동안 괜찮았지만 드디어 샘솟는 생명력이 빼앗기는 양을 감당하지 못하게 된 것인가.

"그럼 어떻게 하면…… 어떻게 해야 쿄카를 살릴 수 있어?!"

창백한 얼굴로 묻는 류가를 내버려 두고 혼돈이 느릿느릿 일어났다.

혼돈은 류가가 아니라 나를 똑바로 응시했다.

"뻔한 이야기다. 이 몸이 쿄카땅에게서 다른 곳으로 옮겨가는 수밖에 없다. 그것이 유일한 해결책이다."

"옮긴다고……."

확실히 맞는 말이다. 그러나 유감스럽게도 그 안을 실행

하기는 어렵다.

그 방법은 한 가지 커다란 문제점이 있기 때문이다. '옮기다면 혼돈이 누구를 새로운 숙주로 삼을 것인가?'라는 문제다.

결국 새로운 숙주 역시 생명력이 빨려 지금의 쿄카 같은 상태가 될 것이다. 그러면 단순히 희생자가 바뀔 뿐이다.

'그런 짓을 쿄카가 승낙할 리가 없어. 류가도 마찬가지고. 아무리 여동생을 위해서라도 누군가를 희생양으로 삼다니…….'

애초에 【마신】의 그릇이 될 수 있는 인간은 얼마 없다. 일반인이라면 씐 순간에 저세상행이다……. 예전에 도철도 그렇게 말했다.

대체 이 상황에 그릇이 될 만한 인간이 운 좋게 어디에 있다고——.

'설마.'

그 순간. 나는 깨닫고 말았다. 어째서 혼돈이 이리로 나를 불렀는지. 쿄카를 구할 수 있는 사람이 나뿐이라는 의미를.

그런가. 그러니까 쿄카는 코바야시 오빠를 부르지 말아 달라고 한 것이다. 쿄카는 자신이 어째서 아픈지 원인을 알고 있었다. 혼돈이 깨달았을 때, 무슨 생각을 할지도.

"제발 부탁한다, 도령. 한시적이라도 좋다. 이 몸의——숙주가 되어줘."

역시나 내가 우려한 그 말을 내뱉고 혼돈이 고개를 숙였다.

그 의미를 류가도 이해했는지 낯빛이 달라져서 우리 사이에 끼어든다.

"자, 잠깐만 혼돈! 그런 짓을 하면 이치로는 괜찮은 거야?! 그보다 이치로는 이미 텟짱이 씌어 있잖아?!"

그렇다. 나는 도철의 그릇이다. 이미 【마신】이 하나 깃들어 있다.

아무리 숙주로서의 높은 잠재력이 있다 해도 두 명의 【마신】을 수용하기는 어렵다. 혼돈의 의견은 현실적으로 지나치게 무리다.

"걱정하지 마. 이 몸이 제안하는 건 '추가'가 아니다. '교환'이다."

"교, 교환?"

"그래. 요컨대 이 몸과 텟짱이 숙주를 바꾸는 거다. 그렇게 하면 쿄카땅의 생명력이 크게 소비될 일도 없어지지. 며칠이면 기운을 차릴 거야."

……그렇군. 그건 명안인지도 모르겠다.

혼돈과 달리 도철은 힘을 거의 잃지 않았다. 고작해야 대기 전력을 먹는 정도라면 쿄카도 문제는 없을 터.

언젠가 혼돈이 완전히 회복하거나 쿄카의 생명력이 다시 가득 찬다면 그때 다시 【마신】을 교환하면 그만이다. 이 아저씨, 뜻밖에 똑똑하잖아.

"먼저 쿄카땅에게 이 몸이 이사하도록 허가를 받지. 의식이 반쯤 몽롱한 지금이라면 그리 어려운 일은 아닐 거야. '괜찮은가? 괴롭지는 않은가? 잘잘 수 있을 것 같나? 이사해도 괜찮겠나?' ……그런 흐름으로 '응'이라고 말하게 한다."

"…………."

"혼란을 틈타 승낙을 받으면 미움받을지도 모르겠군……. 하지만 그래서 쿄카땅을 살릴 수 있다면 바라는 바다. 이 몸은 어떻게든 이 아이를 살리고 싶어!"

이런 뜨거운 아저씨인 줄은 몰랐다. 하지만 그 마음가짐에는 크게 공감한다.

물론 나도 쿄카를 구하고 싶다. 지금 그게 가능한 사람은…… 이 자리에 나뿐이다.

"이제 도령의 대답 하나에 달렸다. 이 몸의 안건에 동참하겠나?"

"기다려봐! 조금 더 생각하게 해줘! 달리 방법이 있을지도 몰──."

여전히 딴소리를 하려는 류가를 개의치 않고.

"알았어. 나도 텟짱에게 이사 허가를 내릴게."

나는 선뜻 대답했다. 【마신】교환을 허락했다.

……솔직히 주저가 없었다면 거짓말이다. 아무래도 한순간이라 해도 【마신】을 둘이나 씌어야 하니까. 하지만 쿄카의 상태는 한시를 다투는 단계다.

다소의 위험이 어쨌다는 거야. '주인공의 친구' 대신은 있지만 '주인공의 여동생' 대신은 없다.

코바야시 이치로의 친구 캐릭터 혼을 우습게 보면 곤란하다. 나는 이야기를 흥미롭게 하기 위해서라면 류가를 위해서라면—— 카이지보다 간단히 목숨을 걸 수 있는 남자다!

"이치로! 바보 같은 말 하지 마! 그런 짓은 나도 쿄카도 바라지 않아!"

"괜찮아 류가. 나는 풀파워 상태인 텟짱을 '절복'한 남자라고."

"대량의 생명력을 흡수당해버리는걸?! 생명의 위험이 있다고?!"

"쿄카도 석 달은 견뎠어. 나도 그 정도는 버티겠지. 다른 방법을 생각할 시간은 없어……. 지금은 쿄카의 생명이 최우선이야."

야무진 얼굴로 그렇게 말한 나는 조심성 없지만 남몰래 환희했다.

이것으로 나는 거짓말할 필요도 없이 정말 진짜로 무력한 존재가 될 수 있다. 더는 전투도 대항전도 하고 싶어도 할 수 없다. 생명력 부족의 허약 캐릭터가 될 테니까.

쿄카는 살아난다. 나는 일반인이 된다. 원윈이잖아.

'덤으로 텟짱은 히노모리 저택에서 살게 되고, 한동안 매일 류가 곁에 있을 수 있어. 그걸 더하면 원원윈이다. 멋진 바이브레이션이잖아!'

도철을 맡기는 데 다소 불안하기는 하지만 갑자기 의욕

이 생겼다.

 이 장면을 코바야시 이치로의, 이야기 최대의 하이라이트로 삼자. 이것을 기회로 페이드아웃해 이전의 포지션으로 돌아가자. '가슴'과 '팬티'가 말버릇이었던 황금의 나날로.

 그렇게 결심한 나는 어떻게든 류가를 설득하기 위해 열변을 토했다.

 "류가. 오늘 수업이 끝나고 교실에서 너에게 말했지. 내일은 너를 케어하는 거라고. 나는 그러기 위한 존재라고."

 "하, 하지만."

 "그러고 보니 약속도 했군. 연인 플레이로 응석을 받아주겠다고."

 "어, 어째서 지금 그런 말을……."

 "연인 플레이라는 말은 곧, 지금의 너는 민낯의 히노모리 류가라는 소리야! 그렇다면 사명 따위 잊어도 돼! 한 사람의 언니로서 동생을 걱정하면 되는 거야!"

 "이치로……."

 "나를 믿어! 좋은 바이브가 있어! 원원원, 진짜 엄청나!"

 "무, 무슨 말을 하는 거야?!"

 어째서인지 새빨개진 류가를 내버려 두고 나는 쿄카의 머리맡에 무릎 꿇고 앉았다.

 "좋아. 얼른 하자 혼돈. 먼저 쿄카에게 너의 이사 허가를 받자. 그 뒤에 텟짱을 받아들이게 한다……. 그런 순서면 되겠지?"

"신세를 지는군, 도령. ……너에게는 큰 빚이 생겼다."

쿄카의 귓가에 무슨 말을 속삭이기 시작한 다박수염의 아저씨.

이윽고 쿄카가 열에 들뜬 채 희미하게 고개를 끄덕이는 모습이 보였다. 아무래도 잘 풀린 것 같다.

"쿄카땅…… 한동안 작별이다."

마지막에 병상의 소녀에게 그렇게 말하더니 곧 혼돈의 모습이 스윽하고 투명해졌다.

그대로 내 안으로 빨려들 듯이 사라졌다.

6

그로부터 얼마 동안.

나는 눈을 꼭 감은 채 배에 힘을 꾹 주고 몸의 변화에 대비했다.

……내 안에는 지금 【마신】이 둘이나 있다. 보통 사람이라면 쐰 순간에 죽어 버리기 십상인 존재를 콤보로 데리고 있다. 이런 무모한 짓을 한 그릇은 내가 사상 처음일 것이다.

'……어라.'

이거 진짜 지옥의 괴로움이 찾아오는 거 아닐까……. 그렇게 각오했지만 현재까지 아무렇지도 않다. 당장에라도 도철에게 나가라고 할 예정이었다가 한동안 상황을 살피기로 했다.

'어이, 혼돈 아저씨. 내 안에 있지? 옮겨온 거 맞지?'

내선통신으로 물어보았지만 혼돈의 대답은 없었다. 이상하다. 머릿속 토크는 도철이랑만 할 수 있나?

눈을 떠보니 옆에서 류가가 걱정스러운 얼굴로 나를 들여다보고 있었다.

눈앞에 잠든 쿄카는 어느새 호흡이 안정되었다. 괴로워 보이던 표정도 지금은 거짓말처럼 평온하다. 명백히 상태가 안정되었다.

'쿄카의 상태로 보면 혼돈은 틀림없이 나에게 옮겨왔을 텐데……. 어째서 나는 아무렇지도 않은 거지?'

당황하면서 내 볼을 꼬집어보거나 짝짝 때리거나 꼬집어보고 있는데.

느닷없이 내 머릿속에 혼돈의 외침이 대음량으로 울려 퍼졌다.

'느어! 뭐, 뭐야 이거! 눈 깜짝할 사이에 '절복'당해버렸어!'

"엉?"

생각지도 못한 발언에 나는 얼빠진 소리를 질러버렸다.

'이런 일은 처음이야! 네놈은 얼마나 터무니없는 그릇인 거냐!'

"뭐, 뭔 말이야? 어, 역시 너 벌써 온 거야?"

어리둥절한 내 옆에서 류가가 멍한 표정을 하고 있었다. 류가에게는 혼돈의 목소리가 들리지 않으니 나보다 더 당황했을 것이다.

'도령. 아무래도 너의 그릇으로서의 자질을 얕본 것 같다. 너는 아마도 두 【마신】이 깃들어 있어도…… 충분히 할 수 있다.'

"그런 말도 안 되는 얘기가 있냐! 【마신】 모둠 세트에 씌어서 멀쩡한 인간이 있을 리가 없잖아! 게다가 나는 지금 너에게 생명력을 콸콸 빨리고 있을 거라고!"

'물론 생명력은 흡수하고 있다. 하지만 놀랍군. 빨아들이고 또 빨아들여도 그 이상으로 콸콸 생명력이 샘솟아. 줄곧 걱정하던 류머티즘까지 나아버렸다.'

"온천이 아니라고! 콸콸에도 정도가 있잖아!"

'도령, 너—— 괴물인가?'

"실례되는 소리 하지 마! 단순한 잔챙이 캐릭터야! 사사키 씨에게 물어봐!"

그러자 그때 또 다른 비명이 끼어들었다.

'우오! 누가 들어왔어! 넌 뭐야! 불법침입이다!'

말할 것도 없이 도철의 목소리였다.

'호, 혼돈이잖아! 어째서 네놈이 여기에 있는 거야!'

'여어 텟짱, 한동안 신세 진다.'

'뭐라고오오오?!'

'응, 많은 일이 있었지. 어이, 좀 저리 가. 좁잖아.'

'시, 싫어어어어——! 이런 산적 같은 아저씨랑 룸쉐어 따위! 어이! 그건 내 방석이야! 내놔!'

아무래도 【마신】들이 투닥투닥 다투고 있다. 그보다 내 안은 대체 어떻게 되어 있는 걸까……

'그건 그렇고 더러운 곳이네. 이봐 텟짱, 청소 정도는 해.'

'내버려 둬! 어이, 마음대로 주스 마시지 마! 마음대로 프라모델 건들지 마! 거기는 화장실이 아니라고! 벽장이라니까!'

내 안은 진짜로 어떻게 되어 있는 거지……

'아무튼 이렇게 되면 이야기가 달라지는군. 어이 도령, 미안하지만 계획 변경이다. '교환'이 아니라 역시 '추가' 방향으로 부탁해.'

"뭐——."

'그러는 편이 쿄카땅의 회복도 빠르니까. 무엇보다 이 '얼간이 마신'을 쿄카땅에게 씌게 하다니 사실은 속이 뒤집혔어.'

——이게 무슨 일이야. 설마 힘도 안 들이고 혼돈을 수용해버리다니.

이건 위험하다. 【마신】을 둘이나 지니다니 아무리 생각해도 이야기의 중심인물이다. 허약 캐릭터는커녕 작중 최강 캐릭터가 되고 만다!

"기다려 혼돈! 부탁이니까 '교환'해줘!"

'뭐 어때. 그만큼 열심히 일할게. 아직 힘은 절반도 회복하지 못했지만 그래도 텟짱보다는 도움이 될 거야.'

"그런 게 아니라!"

'남자가 구구절절 지껄이지 마! 이 기회에 두 명째도 받아들여!'

"엘미라 같은 소리 하지 마!"

눈물이 날 것 같아 화낸 직후.

갑작스럽게 류가가 덥석 안겼다. 그대로 내 가슴에 얼굴을 묻고 울먹이며 소리 질렀다. 이런 상황에 어쩐지 엄청 좋은 향이 났다.

"이치로, 아무렇지도 않은 거지?! 잘 모르겠지만 멀쩡한 거지?!"

"어, 어어. 뭐라고 해야 하지, 예상한 것보다 훨씬 쿌쿌이었던 모양이라……."

"다행이다……. 무사해서 정말로 다행이다……!"

무사하다는 것은 큰 문제지만 투덜거릴 수도 없는 노릇이다. 나는 그저 안심시키듯이 류가의 머리를 쓰다듬어주는 수밖에 없었다.

'코바야시 가문이여, 얼마나 【마신】이랑 궁합이 좋은 거야…….'

──나 같으면 네가 주인공인 쪽이 재미있을 것 같은데.

궁기의 그런 말이 새삼 내 머릿속에 스친다.

위험하다. 이대로는 놈의 기대대로 되고 만다. 하나라도 좋다, 누군가 【마신】을 떠맡아줘! 남는 것 좀 가져가!

'나리이, 어떻게 된 겁니까? 왜 이런 【로리콘 마신】을 받아들여야 합죠? 설마 매달 용돈, 이 녀석 것만큼 줄어드는

건 아닙죠……?'

도철의 아무래도 좋은 걱정을 맥없이 듣고 있을 때.

내 주머니에서 또다시 휴대전화가 울렸다. 발신자는 엘미라였다.

제대로 사정도 이야기하지 않고 나와버려서 걱정을 끼쳤는지도 모르겠다. 지금은 그럴 때가 아니지만 무시할 수도 없는 노릇이다.

'고향에 가자는 이야기를 얼버무려서 분명히 기분이 상해 있겠지.'

하는 수 없이 통화 버튼을 누르자마자 뱀파이어 소녀의 고함이 귀를 찌른다.

하지만 그 내용은 뜻밖에도—— 오늘 두 번째 SOS 덮밥이었다.

"코바야시 이치로! 습격이에요! 집에 사도 군단이 쳐들어왔어요!"

"!"

휴대전화를 귀에 댄 채 나는 굳었다.

습격? 이 타이밍에? 여태껏 줄곧 움직이지 않다가?

혹시 궁기는…… 나랑 도철이 집을 비운 지금을 기회로 본 건가?!

"적의 숫자는 2~30쯤 돼요! 삼 공주 덕에 저와 시즈마는 집에서 탈출했어요! 하지만 한 사람, 끈질기게 따라오는 사도가 있어서……. 그 히가이아라는 장군이에요!"

——이게 무슨 일이야. 산 넘어 산이란 이런 것인가.

이러고 있을 때가 아니다. 당장 가야 한다. 삼 공주 쪽은 문제없겠지만 문제는 엘미라다. 적이 노리는 건 틀림없이…… 그 뱀파이어 모자다.

"엘미라! 지금 어디야! 류가의 집 방향으로 올 수 있어?!"

"안 돼요! 정반대 방향으로 달리고 있어요! 지금은 3번가의——."

그때 쿵! 하는 충격음이 내 고막을 때렸다. 아마도 엘미라가 휴대전화를 떨어뜨리고 만 거겠지.

그 뒤로 목소리가 일절 들리지 않는 것으로 보아 줍기를 포기하고 도주를 선택한 듯하다. 진짜로 위험하다. 나에게 걸려온 전화는 왜 안 좋은 소식뿐인 거야!

"……이치로. 엘이 위험하구나?"

내 말로 대강 사태를 파악한 모양이다. 류가가 나를 바라보면서 물었다.

그 표정과 말투는 어느새 주인공 모드로 바뀌었다. 쿄카가 살아난 덕에 온전히 믿음직함을 되찾았다.

"응. 문제의 분장 히가이아에게 쫓기고 있어. 다만 걱정되는 점은 엘미라가 어디에 있는 알 수 없어. 히가이아가 내뿜는 매우 갑갑하고 뜨거운 사기……. 그걸 발견해 더듬어가는 수밖에는 없어."

"알았다. 효율 좋게 나눠서 찾자."

곧바로 류가가 일어나 하나뿐인 동생의 잠든 얼굴을 흘

끔 본 뒤 빠른 걸음으로 방을 나간다. 여동생도 걱정되지만 지금은 엘미라의 구원이 선결이라고 판단한 것이리라.

나도 서둘러 뒤따르며 만약을 위해 류가의 등에 외쳤다.

"류가! 우리 집에는 가지 않아도 돼! 그곳에는 절대로 없으니까! 부탁이니까 가지 말아줘!"

집에 가면 삼 공주와 맞닥뜨릴 가능성이 있다. 이런 형태로 동거를 들키고 싶지 않다.

"알았어! 이치로는 무리하지 않아도 돼! 분장 히가이아는 내가 쓰러뜨린다!"

"그래."

"어깨 결림도 나았고 컨디션은 최고야! 혹시 먼저 엘을 발견하면 내가 갈 때까지 어떻게든 시간을 벌어줘!"

"그래."

"아무쪼록 히가이아를 순식간에 해치우지 말아줘! 이치로라면 그러고도 남으니!"

"그, 그래."

이런 충고를 받는 친구 캐릭터가 어느 세상에 있는가. 코바야시 이치로는 대체 어디로 향하고 있는 것이냐.

또다시 전투 파트에 얼굴을 내밀게 되어버린 것은 심히 유감이지만……. 아무튼 적어도 오늘 밤만은 결론을 내는 수밖에 없다.

왜냐하면 시즈마가 위험하니까.

나에게는 보호자로서 그 아이를 지킬 책임이 있으니까.

'기다려, 시즈마! 지금 갈게! 【마신】 둘을 가진 콸콸 아빠가!'

제4장 그날 본 사도의 정체를 우리는 아직 잘 모른다

1

엘미라 매카트니의 오산은 하천부지로 향해버린 것이었다.

여기라면 시야가 트인 데다 몸을 숨길 풀숲도 많다.

적당한 때를 보아 제방을 곧장 달려가면 류가의 집까지 지름길이기도 하다……. 그렇게 생각한 것이 얄궂게도 역효과를 가져왔다.

"——바보 같은 노오옴! 나에게서 도망치려고 일부러 물가를 고르다니이이이!"

놀랍게도 수면에서 히가이아가 뛰쳐나왔다.

물보라를 성대하게 흩뿌리며 강가로 내려선 잉어형 사도. 중후한 비늘을 철컹철컹 소리 내며 성큼성큼 보폭 큰 걸음으로 엘미라를 압박한다.

"당신, 수영 못한다고 들었는데요?!"

"언제까지고 맥주병이라니 생선계 사도의 체면이 걸렸드아아아! 몇십 년에 걸쳐 나는 이미 물장구를 터득했다아아아!"

몇십 년에 걸쳐 물장구냐고 지적하고 싶었지만 지금은 그럴 때가 아니다. 엘미라는 풀숲 어둑한 옴팡한 곳에 시즈마를 살며시 누이고 싸울 각오를 다지고 적과 대치했다.

아무리 장군급이라 해도 상대는 단독. 일대일 승부에서 질 마음은 없다.

'단숨에 결말을 내겠어요. 지구전으로 끌지 않겠어요!'

오래 끌면 적이 더 나타날지도 모른다. 무엇보다 혈액이라는 매개체가 필요한 엘미라의 이능력은 장시간 전투에 맞지 않는다.

하지만 기술 종류는 그만큼 다채롭다. 공수는 물론이고 어떠한 거리에도 대응할 수 있다. 그리고 자신의 불꽃 능력은 생선을 상대하기 무척 잘 맞을 것이다.

"호오, 도망치는 건 포기했나아아! 그렇다면 그 가는 목을 비틀어 주겠다아아아!"

"시즈마, 안심하렴. 너는 반드시 지킬 거야. 그러니까──일어나면 안 돼요."

다음 순간. 엘미라와 히가이아는 동시에 땅바닥을 찼다.

"엘미라 매카트니이이! 그 꼬마를 내놔라아아!"

"거절하죠! 염주ㆍ소나타(주명곡)!"

한 손을 내민 엘미라의 다섯 손가락에서 소프트볼 크기의 염탄(炎彈)이 사출되었다.

일직선으로 날아간 둥근 불꽃 다섯 개는 히가이아의 비늘에 모조리 튕겨버렸다.

"이딴 게 나에게 통할 것 같으냐아아! 우습게 보는 것도 적당히 해라아아아!"

응징처럼 발사한 무쇠팔 일격을 엘미라는 몸을 낮춰 피

한다. 그 직후에는 이미 다음 공격 준비가 되어 있었다.

"당신이야말로 '상암의 혈족'을 우습게 보지 않았나요? 염주 · 론도(윤무곡)!"

그 한마디를 신호로 지면에서 원 형태 불꽃이 뿜어져 나와 히가이아의 거구를 삼킨다.

"느어어어?!"

"생선구이를 만들어드리겠어요!"

추격의 기세를 늦추지 않고 엘미라는 자신 주위에 새로운 불꽃을 발화해 지휘자처럼 양손을 휘둘렀다.

같은 시각.

코바야시 집에서 수백 미터 떨어진 공동묘지에서 또 하나의 전투가 벌어졌다.

아니, 정확하게는 전투가 아니라 일방적인 청소였다. 두 장군이 편이 갈린 동포들을 향한 용서 없는 숙청이었다.

"미, 미온 장군, 부디 용서를……."

"유감이지만 목숨 구걸이 일 초 늦었어."

백로형 사도가 그렇게 말하자마자 눈앞에 이형의 존재가 땅바닥에 무너진다. 마치 오이나 당근처럼 온몸이 슬라이스 되었다.

"주리 장군! 당신의 부하가 되겠습니다! 그러니 살려——."

"나, 바람둥이 남자는 싫어."

킹코브라형 사도 또한 항복을 각하했다. 꼬리의 일격으

로 이형 존재를 후려치자 상대는 몇 미터 앞 나무에 격돌해 마치 토마토나 석류처럼 으깨졌다.

……이렇게 【마신】 궁기의 급습 부대는 지휘관인 히가이 아를 남기고 모조리 전멸했다.

동원된 사도는 최종적으로 사십오 명. 하지만 어차피 병졸급으로 구성된 집단……. 장군급인 미온과 주리에게는 진심을 다할 필요도 없는 존재였다.

"후우…… 이걸로 전부 해치웠어."

밤의 정숙함을 되찾은 묘지에서 가볍게 한숨을 쉬는 하피처럼 생긴 조인(鳥人) 소녀.

"수고했어, 미온. 집에서 용케 유도했구나."

그러자 그곳에 라미아 같은 뱀의 몸을 한 미녀도 다가왔다. 긴 금발머리를 쓸어올리면서 주변에 나뒹구는 사도들의 송장을 슥 훑어본다.

코바야시 집에서 맞아 싸우기는 간단했지만 소중한 자택을 부수는 건 안 된다. 그렇게 생각하고 적 부대를 공동묘지로 몰아넣었는데, 그 탓에 조금 시간이 걸려버렸다.

"주리, 놓친 녀석은 없어?"

"당연하지. 살짝 땀이 나서 돌아가면 샤워하고 싶어."

"3분 정도로 끝내야 해? 수도세도 장난이 아니니까."

미온이 못을 박자 주리가 불만스럽게 입술을 삐죽였다.

여전히 우리의 차녀는 가계에 엄격하다. 그래도 앞으로는 보건교사의 급료를 받을 테니까, 살림도 다소 편해지겠지……. 킹코브라 사도는 그렇게 생각했다.

"그런데 주리. 키키는 어디로 갔는지 몰라? 분명히 집을 나올 때까지는 함께 있었는데."

"아마도 엘미라를 쫓아가지 않았을까. 아니, 시즈마를 쫓아간 건가?"

역시…… 하고 어이없어하며 밤하늘을 올려다보는 백로 소녀.

"정말이지 삼 공주로서의 사명을 내팽개치다니……. 그래도 이번에는 너그럽게 봐주겠지만."

"이쪽은 둘이서 충분했으니까. 게다가 시즈마를 걱정하는 마음은 이해해."

"요새는 시금치도 남기지 않았으니까."

그렇게 말하고 서로 쓴웃음을 주고받은 직후.

두 사람은 동시에 흠칫 숨을 삼키고 이어서 주변을 둘러보았다.

……융해·소멸하고 있던 송장들이 여기저기서 느릿느릿 꿈틀댔다. 순식간에 모습을 복원하고 잇따라 일어난다.

"미온, 이건……."

"맞아. 궁기 님이── 능력을 발휘하셨어."

그것이 【마신】 궁기가 지닌 귀찮은 특수능력. 쓰러뜨려 혼화한 사도를 딱 한 번 부활시킬 수 있는 반혼술.

여기서 쓰다니 참으로 심술궂은 분이다……. 그렇게 넋두리를 늘어놓을 새도 없다.

"주리, 다시 한번 쓰러뜨리자. 애써 공동묘지로 유도했는데 도망치면 다 헛수고야. 그만큼 엘미라와 시즈마가 위험해질 테고."

"그러고 보니 그 뱀파이어, 히가이아에게 쫓겼지. 키키가 늦지 않으면 좋겠는데…….."

"저쪽에 증원을 보낼 수는 없어. 그렇다고 이만한 숫자를 묘지에서 내보내지 않기는…… 상당히 귀찮네."

"아마도 이번에는 제대로 싸우려 하지 않겠지. 하아, 본격적으로 땀을 흘리겠어."

잡담을 서둘러 끝내고 미온과 주리는 다시 전투를 개시했다.

부활이 빠른 사도를 확인해 그놈부터 우선적으로 쓰러뜨린다……는 작업이었지만, 말로 하는 만큼 간단한 일은 아니었다.

이미 절반 이상의 사도가 되살아나 몇 명이 도주를 시작했다. 그중에는 몸을 내밀어 추격을 저지하고 동료의 탈출을 거들려는 기특한 놈도 있다. 안 되겠다, 도저히 손이 미치지 않는다.

"큭, 이놈들 기다려!"

초조함과 함께 미온이 외친 그때──.

"비검 진소닉!"

그런 소녀의 목소리와 출구로 향한 사도들의 단말마가 들렸다.

'엇?! 지금 그건 설마……!'

당황하는 미온의 귓불을 또 다른 소녀의 목소리가 때린다.

"남쪽에서 제비가 오고, 기러기가 북쪽으로 가고, 비 온 뒤 무지개가 나타나기 시작하노라—— 비기 수박살!"

다음 순간 공동묘지 내 온갖 곳에 띄엄띄엄 있던 나무들이 일제히 가지를 뻗었다. 나뭇가지는 순식간에 사도들을 낚아 그들의 움직임을 봉한다.

——그 소녀들이 누구인지를 이미 미온은 깨달았다. 분명히 주리도 마찬가지로 눈치챘을 것이다.

'아오가사키 레이와 유키미야 시오리……. 저 녀석들이 어째서 이곳에?'

그렇지만 여기서 그녀들이 온 것은 행운이었다고 해야 한다. 미온은 복잡한 심경을 제쳐놓고 주리와 서로 고개를 끄덕이고 사도들의 섬멸에 전념하기로 했다.

……소탕은 고작 몇 분 만에 끝났다.

쓰러뜨린 사도는 정확히 45. 놓친 적은 없었다.

부활하자마자 다시 잠들어버린 가여운 사도들이 소멸해 가는 가운데. 묘지에는 2인조 이형의 존재와 2인조 이능력자가 남았다. 총 네 명.

원래는 어울릴 수 없는 운명의 숙적이다.

"생각지도 못한 곳에서 생각지도 못한 얼굴을 만났구나."

"그것도 이런 형태로 함께 싸우게 되다니…… 뜻밖이었습니다."

그렇게 말하고 얼굴을 찌푸린 사람은 '참무의 검사'와 '축명의 무녀'. 【청룡】과 【백호】를 수호신으로 가진 사신의 계승자 페어다.

"미온, 주리. 여기서 뭘 하고 있지?"

직무 질문처럼 묻는 아오가사키 레이에게 미온은 퉁명스럽게 고개를 획 돌린다.

"댁들이야말로 이런 늦은 시간에 뭐 하는 거야."

"내가 질문했어."

"대답할 의리는 없어. 이 결혼 사기꾼."

"호오…… 아무래도 아직 덜 싸운 모양이군."

순식간에 험악하게 서로 노려보는 두 사람을 그 자리에서 각자의 파트너가 달랜다.

"레이 씨, 지금은 원만하게……. 삼 공주와의 전투는 금지되어 있습니다. 먼저 대화하죠."

"미온도 진정해. 절벽 소녀도 저렇게 말하잖아."

"주리! 당신께 결투를 신청합니다!"

"어머나, 목숨 아까운 줄 모르네."

더욱 험악해진 상대방을 이번에는 미온과 레이가 다독였다.

이대로는 끝이 나지 않는다고 생각했는지 레이가 하는 수 없이 질문에 대답한다.

"마침 주말이라서 시오리랑 리나가 우리 집에 묵으러 왔다. 기왕이면 자기 전에 가볍게 근처를 순찰하기로 한 거야."

"【현무】가 없잖아."

"리나는 두고 왔다. 리나는 11시가 넘으면 잠들어버리거든. 한창 이야기 중이든, 화장실에서 볼일을 보던 중이든 상관없이."

쿠로가메 리나에게는 사신으로서의 사명감이 조금 부족한 것 아닐까.

한마디 비아냥대줄까 했지만 결국 미온은 자중했다. 우리한테도 사명을 내팽개친 막내가 있으니 그렇게 콧대 세우며 말할 수가 없다.

"자 미온, 다음은 네 차례야. 여기서 뭘 했지?"

"단순한 숙청이야. 이 녀석들은 궁기 님의 부하…… 도철 님을 따르는 우리에게 지금은 적이니까."

"흠. 키리야와 바론과 적대했던 것과 같은 이유인 건가……."

자신의 턱을 만진 '참무의 검사'를 내버려 두고 미온은 "그럼 이만" 하고 쌀쌀맞게 한마디를 남기고 걸음을 뗐다. 묵묵히 뒤따르는 주리와 마찬가지로 이미 인간 모습으로 돌아와 있었다.

"이봐, 어디 가는 거야."

"우리는 아직 일이 남았어. 댁들과 수다 떨 여유는 없어."

떠나는 두 사람에게 여전히 격분을 가라앉히지 못한 무녀 아가씨가 눈에 쌍심지를 켜며 외쳤다.

"기다리세요 주리! 아직 저와의 승부가 남았습니다!"

"말했지, 절벽 소녀. 우리는 일하는 중이야. 태평한 학생과는 틀려."

"또, 또 절벽이라고……! 더는 용서할 수 없습니다! 절대로 용서 못 합니다!"

"됐으니까 돌아가. 몇 시인 줄 알아? 지도받을래?"

"이럴 때만 헤비즈카 선생님이 되지 마십시오! 뭡니까! 큰 가슴이 그렇게 잘난 겁니까! 이런 지방 덩어리가!"

"웃?! 그만해 시오리! 뭐하는 짓이지?!"

돌아보자 '축명의 무녀'가 동료인 '참무의 검사'의 가슴을 주무르고 있었다. 등 뒤에서 꽉 쥐고 정말로 거칠게.

아니…… 이 건만큼은 아오가사키 레이는 동료가 아닐지도 모른다. 유키미야 시오리에게 그녀는 오히려 적인지도 모른다.

"아, 그만, 난폭하게 하지 마! 민감하다고! 특히 꼭지는!"

"저는 줄곧 레이 씨에게도 직언하고 싶었습니다! 대체 어디까지 커질 생각입니까! 슬슬 G컵 브래지어도 꽉 낀다니 무슨 농담입니까!"

"그, 그건 딱히 농담이……."

"저야말로 농담이 아니에요! 이제 제 호감도 순위는 레이 씨보다 도철 씨가 더 높아요!"

천하의 아오가사키 레이가 눈물이 글썽인다. 엉뚱하게도 그 눈동자가 미온에게 도움을 요청했다.

사신들도 제법 개성적인 캐릭터가 모였구나……. 미온

은 그렇게 생각했다.

2

한편 그 무렵. 심야의 하천부지.

엘미라 매카트니와 분장 · 히가이아는 여전히 한창 전투 중이었다.

히가이아에게 추격당해 싸우는 상황이 되어버린—— 엘미라의 오산은 사실은 그것만이 아니었다. 오늘 밤 자신은 판단 미스가 심하게 많다……. 엘미라는 그 점을 뼈저리게 통감했다.

'정말이지 저도 무뎌졌네요…….'

변명은 아니지만 히가이아라는 적 자체는 절대로 쓰러뜨리지 못할 상대가 아니다. 그러나 문제가 세 가지 있었다.

——첫 번째는 히가이아가 자신의 허점을 노려 아기에게 접근하려 한다는 것.

시즈마를 인질로 잡히면 거기서 끝나버린다. 결과적으로 엘미라의 움직임은 크게 제한되었다.

——두 번째는 히가이아의 비늘이 불꽃에 끄떡하지 않는다는 것.

잉어형 사도의 장갑은 예상 이상으로 견고했다. 히가이아가 '나락의 팔걸' 중에서도 톱클래스의 방어력을 자랑한다는 건 미온에게 들었지만 이 정도인 줄은 몰랐다. 잘 맞는 상대라니 당치도 않다. 최악으로 불편한 적이다.

──그리고 세 번째는 그런 이유로 피하고 싶었던 장기전이 되어버린 것.

조기 결말을 노리고 에너지를 아낌없이 소비한 탓에 이미 엘미라에게는 빈혈 징후가 나타났다. 이러면 큰 기술을 쓰는 건 앞으로 두 번, 아니 한 번 정도인가.

"왜 그러나 '상암의 혈조오오옥'! 그 정도로는 나를 절대로 생선구이로 만들지 못한다아아아!"

여전히 쓸데없이 격노하면서 멧돼지처럼 우직하게 돌진하는 히가이아.

물론 히가이아 또한 전혀 대미지가 없는 건 아니다. 이곳저곳 비늘이 뜨거운 열기로 일그러지고 변형되고 머리도 조금 탔다. 오래 날뛰어서 숨도 헉헉거렸다.

'이런 상대에게 고전하다니 매카트니 가문의 불명예…… 놀이는 끝이에요!'

사신의 동료인 아오가사키 레이는 일찍이 간장 바론에게 완승을 거두었다.

바론과 똑같은 '나락의 팔결'인 분장 히가이아에게 자신이 애를 먹을 수는 없다. 앨미라 매카트니의 자존심이 허락지 않는다.

"염주·아라베스크(장식곡)!"

엘미라는 마음먹고 비장의 기술 발동을 단행했다.

직후, 엘미라의 온몸이 푸르스름한 불꽃에 감싸였다. 거꾸로 선 곱슬머리까지 이글이글 타올라 업화의 갈기로 바꾼다.

그 모습은 마치 불꽃 드레스를 입은 불의 정령 같았다.

"느어어?! 네놈, 아직 그만한 불길을 뿜을 수 있는가아아아!"

"잘 어울리죠?"

그렇게 말하자마자 엘미라는 질주했다. 히가이아의 요격을 춤추듯이 피하고 한순간의 허점을 찔러 등 뒤로 돌아간다.

뱀파이어 소녀가 거구를 뒤에서 끌어안자 순식간에 적에게 불꽃이 인화했다.

"크, 크어어어! 떨어져 네노오오옴!"

"레시피 변경이에요. 생선구이가 아니라 생선찜으로 만들어드리죠!"

불길이 장갑에 막힌다면 내부를 뜨겁게 만들면 그만이다.

주전자가 타는 일은 없지만 내부의 물은 끓어올라 증기가 되고 언젠가 사라져 없어진다. 그와 마찬가지로 히가이아를 기화시킨다. 단 정확하게는 기화가 아니라 혼화지만.

그러나 이 기술은 혈액 소비량이 한층 크다. 되도록 여력을 남기고 해치우고 싶다. 어쨌든 궁기의 부하인 히가이아는…… 앞으로 딱 한 번 부활이 가능하니까.

"크아아아아! 아뜨뜨뜨뜨으으으——!"

"큭…… 빨리, 빨리 가버리세요!"

"이 정도 열기 언제까지고 유지할 수는 없겠지이이이! 버텨주마아아아!"

"참지 말고 가세요! 아직이에요?!"

"갈까보냐아아아!"

"가세요! 사양 말고, 어서!"

"먼저 네놈을 가게해주마아아아!"

"누가 갈까봐요!"

"그렇다면 동시에에에에!"

"돈 거 아니에요?!"

오해를 부르기 쉬운 대화가 30초쯤 이어진 뒤. 엘미라의 스태미너가 한계를 맞이해 불길이 사라졌다.

온몸의 힘이 빠져 그 자리에 무릎을 찧으며 쓰러진 엘미라. 격렬한 어지럼증이 덮쳐 상체를 일으킬 수조차 없었다. 이제 혈액도 고갈 직전이다.

'간신히…… 제때 해치웠네요…….'

바로 코앞에서는 검게 타서 쓰러진 히가이아의 모습이 보인다.

온몸에서 빛의 입자가 피어오르는 것으로 보아 이미 혼화가 시작된 듯하다. 화려한 승리는 거두지 못했지만 결과가 좋으면 됐다고 치자.

"시, 시즈마……."

엘미라는 엉금엉금 기어서 풀숲에 눕힌 아기 곁으로 향한다. 긴장을 늦추면 의식을 잃어버릴 것 같았지만 시즈마를 두고 잠들 수는 없다.

'다행이다……. 당신을 지켜서…….'

살짝 긴장이 풀렸다. 그때였다. 엎드려 있던 히가이아가 비틀비틀 몸을 일으켰다.

"뭐……!"

"그냥은 안 죽는다……. 이렇게 되면 레이다의 아기를 같이 데려가주마아아아!"

소멸하던 몸으로 시즈마를 덮치는 잉어형 사도. 엘미라는 그제야 히가이아의 체력과 집념을 얕보았음을 통감했다.

"기, 기다, 려……!"

힘없이 손을 뻗는 것조차 하지 못한 채 창백한 얼굴을 일그러뜨리는 엘미라. 하다못해 앞으로 일 분쯤 쉬면 염주를 쓸 수 있지만, 그런 유예가 있을 턱이 없다.

시즈마가 살해당한다. 절망에서 배어 나오는 눈물로 울퉁불퉁 일그러진 시야 속에서.

──측면에서 돌진해온 검은 그림자가 히가이아의 거구를 발로 차버렸다.

"크악!"

"시쥬마는 못 건드립니다."

히가이아가 휴지처럼 하늘을 날아 곧이어 지면에 격돌한다. 히가이아는 그대로 두 번 다시 움직이지 않고 이번에야말로 녹아서 소멸했다.

"분장 히가이아. 물리쳐쭙니다.

"머, 멍멍이……."

검은 그림자의 정체는 워울프처럼 털이 복슬복슬한 괴인——물론 키키였다.

겉모습은 어린 여자애지만 폭장이라는 두 가지 이름을 지닌 '나락의 삼 공주' 중 한 사람이었다.

"무사합니까. 에로비데."

"……당신, 일부러 이름을 틀리는 거 아니에요……?"

"영어는 어렵쭙니다."

그렇게 말하고 아기 곁으로 아장아장 다가가는 키키. 시즈마를 신중하게 안아 올려 확보한 그 모습은 어떻게 보아도 동생을 보는 유치원생 누나였다.

"아무튼…… 고맙다고 해둘게요……."

"시쥬마를 위해서 한 일입니다. ……다만."

다시 돌아온 키키의 표정이 눈에 띄게 어두웠다. 풀이 죽어 어깨가 처지고 어딘지 쓸쓸하게 시즈마의 잠든 얼굴을 보고 있다.

"사실은 벌써 알아쭙니다. 키키는…… 시쥬마의 누나가 아닙니다."

"…………."

"미온과 주리도 말해쭙니다. 틀림없이 시쥬마는 레이다와 함께 있는 것이 가장 행복합니다. 그러니까 역시…… 이대로는 안 됩니다."

"……그렇죠. 저도 사실은 벌써 알고 있었어요……. 제가 시즈마의 엄마 따위 될 수 없다는 걸……."

코바야시 이치로에게도 몇 번이나 들은 말. 하지만 귀를 막아왔던 일.

분명히 엘미라는, 아마도 키키도 가족이라는 존재에 굶주려 있었을 것이다. 혈족의 당주로서의 책임, 레이다 상관의 의무…… 그런 건 단순한 명분이었다.

"레이다를 부화시킬 수단을 잘 생각해야 합니다."

"그게 시즈마에게 해줄 수 있는 최고의 보살핌이겠죠……. 임시 엄마로서, 누나로서."

한동안 하천부지가 숙연한 분위기에 휩싸인다.

그 분위기는 날려버리듯이 에조늑대 사도는 작은 가슴을 활짝 폈다.

"하지만 그때까지는 시쥬마의 누나를 계속합니다. 임시라도 시쥬마는 변함없이 귀엽쭙니다."

"마음이 맞았네요 멍멍이. 저희도 사실은 서로 비슷한——."

엘미라가 말을 마치기 전이었다.

갑자기 쿠쿵! 하는 굉음과 함께 땅이 울렸다.

"!"

자세히 보니 몇 미터 떨어진 곳에 뭔가가 있었다.

처음에는 히가이아가 부활했나 했다. 하지만 하늘에서 내려온 그것은—— 전신 칠 미터는 될 법한 몸 온갖 곳에 무수한 얼굴이 붙은 징그러운 괴물이었다.

"뭐, 뭐죠? 사도……?"

"아닙니다. 이런 기묘한 사도는 모릅니다. 하지만……."

키키의 목소리에 강한 경계의 빛이 띠었다. 수수께끼의 적이 천천히 둔중한 걸음을 떼면서 이쪽으로 왔기 때문이다.

밀려드는 농후하고 불쾌한 장기(瘴氣)에 엘미라는 저도 모르게 숨이 콱 막힐 뻔했다.

"엄청나게 강대한 사기입니다. 이만한 사기를 지닌 자는 삼 공주나 팔걸에도 업쭙니다."

그건 엘미라도 안다. 이 괴물은 보통내기가 아니다.

이토록 몸이 움츠러드는 건 혼돈이나 도철 같은 【마신】들과 대치했을 때 이후 처음이다. 하지만 그들 같은 위풍이나 용맹함은 느껴지지 않는다.

강대한데 어딘가 비천하고 무질서한 사기……. 그것이 오히려 께름칙했다. 이 적과 단독으로 겨룰 수 있는 사람은 아마도 히노모리 류가와── 그리고 코바야시 이치로 정도일 것이다.

엘미라가 전율하고 있자 갑자기 키키가 눈앞에서 무릎을 꿇었다.

키키는 안고 있던 시즈마를 엘미라에게 맡기더니 그대로 일어나 조용히 걸어간다. 다가오는 괴물의 방향으로.

"에로미라는 시쥬마를 지킴니다. 저건 키키가 어떻게든 함니다."

"당신 혼자 괜찮겠어요? 그보다 시즈마를 데리고 후퇴해요. 나는 두고 가도 괜찮으니까."

그러는 편이 대책으로서는 현실적이다. 잠시 쉬었으니 어떻게든 염주도 사용할 수 있겠지. 시간 벌기 정도는 할 수 있을 것이다.

"안 됩니다. 에미라라가 죽으면 시쥬마가 슬픔니다."

"그건 멍멍이도 마찬가지잖아요."

"사도는 죽어도 혼화할 뿐임니다."

그런 말을 내뱉더니 에조늑대 사도가 돌진했다.

네 다리로 탄환처럼 지상을 달려 적의 온갖 급소에 주먹과 발차기를 힘껏 먹인다. 역시 폭장…… 외견으로는 상상도 할 수 없는 가공할 만한 힘과 순발력이다.

……하지만 괴물은 반응이 없었다. 마치 통각 따위 없는 것처럼 엉겨 붙는 에조늑대 사도를 그저 바라볼 뿐이다.

온몸 여기저기에 박힌 무수한 얼굴. 그 눈동자들이 뒤룩뒤룩 키키의 움직임을 쫓는다. 그 입들이 기분 나쁜 원망의 신음을 지른다.

"키키에게 시비를 걸다니 배짱 조쭙니다!"

공격에 도통 동요하지 않는 상대에게 키키는 다음 수단으로 시각을 빼앗기 시작한다.

눈에 들어오지 않는 빠르기로 촐랑촐랑 돌아다니며 잇따라 괴물의 눈을 찌부러뜨린다. 그 행동의 진의는 키키 자신이 아니라 엘미라와 시즈마를 노리게 하지 못함에 있었다.

"에레루미! 움직이려면 빨리 도망──."

남은 눈알이 얼마 없어졌을 때, 키키가 딱 한 번 엘미라를 쳐다보았다. 그 잠깐 사이.

괴물의 가슴에서── 팔이 튀어나왔다.

"!"

온갖 곳에서 뜬금없이 생긴 거대한 팔이 공중에 있던 에조늘대 사도의 작은 몸을 붙잡는다.

뜻밖의 사태에 더해 순간 엘미라 쪽으로 한눈을 팔아버린 것이 키키에게 치명적인 실수가 되었다.

"다, 당해쭙니다…… 아욱!"

괴물의 손바닥이 우드득 꽉 조이자 키키가 고통스럽게 신음한다.

우득우득 뼈가 부러지는 끔찍한 소리를 들은 순간, 엘미라는 비명처럼 외쳤다.

"멍멍이! 지금 구해줄게요!"

"키, 키키는 괜찮쭙니다……. 됐으니까, 도망칩니다……!"

"어떻게 도망치겠어요!"

"시쥬마를 지킵니다……. 도망칩니다 엘미라!"

어느새 엘미라는 시즈마를 두고 일어났다. 몸 안에 남은 모든 혈액을 쏟아부어 등에 불타오르는 신조(神鳥)·【주작】을 드러냈다.

시즈마는 물론 지켜야 한다. 하지만 키키를 버리는 선택지도 있을 수 없다.

……저 꼬마 사도는 지금 엘미라와 시즈마를 위해 희생하려 하고 있다. 그걸 이해하면서 도망칠 수 있을까 보냐.

시즈마의 '가족'을 더 이상—— 두 번 다시 잃지 않겠다!

"키키. 괴롭겠지만 조금만 버티세요."

"그, 그만두십찌요……. 도움은 필요 업쭙…….."

"이럴 때 믿어야지 동료죠. 도움을 받기만 하면 불공평해요."

그렇다. 키키는 이미 엘미라의 동료다. 여러 원한은 있지만, 충돌도 있었지만, 함께 시즈마를 보살핀…… 미숙한 보호자 동지다.

"그러고 보니 조금 전 처음으로 제 이름을 제대로 불렀죠. 엘미라라고."

"그, 그쪽이야말로입니다……. 키키는 우연히 맞춘 것뿐입니다……."

이 마당에 이르러 얄미운 소리를 하는 키키에게 엘미라는 쓴웃음을 지었다.

저 괴물을 쓰러뜨릴 거라 생각하지 않는다. 하지만 키키만은 반드시 구출하겠다!

"비전——염주 · 트로이메라이(몽상곡)!"

수호신인 【주작】과 일체화한 채 엘미라는 홍련의 두 날개를 펼치고 하늘 높이 날아올랐다.

엘미라를 찾아 마침 내가 하천부지에 와봤을 때.

느닷없이 전방의 강가에서 성대한 불꽃이 피어올랐다. 크기가 삼사 미터는 될 법한 거대한 불새가 나선을 그리며 밤하늘을 갈랐다.

"저, 저건 설마……!"

'옷, 때아닌 불꽃놀이네요. 잘~한다~.'

'훌륭하군. 저거 돈이 꽤 들지 않았을까?'

"너네는 바보냐! 당연히 엘미라지!"

태평한 감상을 늘어놓는 【마신】들에게 호통치고 나는 즉시 현장으로 달려갔다.

어렴풋이 그런 걱정은 했지만 역시 내가 찾아버렸구나……. 유감스러운 마음을 꾹 참고 달리면서 류가에게 미시지를 보낸다.

'하천부지에서 발기했다. 빨리 대줘.'── 서둘러 글자를 쳐서 오타가 났지만 의미는 전해지겠지.'

제방 비탈을 미끄러져 내려가 강가를 삼백 미터쯤 전력 질주했다.

……정말로 그곳에 땅바닥에 웅크린 엘미라와 뭔지 잘 모르겠는 거대한 괴물이 있었다.

"엘미라! 괜찮아?"

일단 괴물은 무시하고 뱀파이어 소녀 곁으로 달려간다.

상체를 안아 일으키자 무슨 영문인지 그녀가 끌어안고 있던 건 시즈마가 아니라 키키였다.

"키, 키키?"

"코바야시, 이치로…… 와, 주었군요……."

간신히 의식이 있던 엘미라가 가냘프게 중얼거린다.

"에너지 고갈이 심각하군. 아까 【주작】 같은 게 날아갔는데……. 역시 그건 엘미라였던 건가?"

"예…… 덕분에 이 꼴이지만……. 어떻게든 키키는 구출했어요."

"그래서 시즈마는?"

"시즈마라면……."

말하던 도중에 엘미라가 눈을 동그랗게 떴다.

그 시선을 따라가자 그곳에 예의 괴물이 있었다. 잘 보니 온몸이 불에 타 너덜너덜하게 짓물러 있다. 기묘하게도 가슴에서 세 번째 팔이 났는데 손목 밑 부분이 없었다.

그 녀석이 우리를 내버려 두고 천천히 걸어간다. 잡초가 한층 무성한, 어느 한 지점을 향해서.

"코바야시 이치로! 시즈마가 위험해요!"

조금 전까지 축 처져 있던 것이 거짓말처럼 엘미라가 나에게 덤벼든다. 그 외침에 그녀의 가슴에서 키키도 퍼뜩 눈을 떴다.

"저 풀숲에 시즈마가 있어요! 서둘러요!"

"이, 이치로 남작, 시쥬마를……."

그 직후에는 나는 이미 엘미라를 키키째 안아 올려 달리고 있었다.

눈 깜짝할 사이에 괴물을 추월해 풀숲 그늘에 있던 시즈마를 보호하고 적과의 거리를 둔다. 괴물에게서 10미터쯤 떨어진 곳에서 세 사람을 다 함께 땅바닥에 내려놓는다.

"잠시 기다려줘. 잠깐 상대하고 올게."

"조심하세요 코바야시 이치로……. 저 괴물, 만만치 않아요."

물론 알고 있다. 이 뱀파이어 소녀와 에조늑대 꼬마소녀의 상태를 보면 일목요연하다. 특히 키키의 양팔이 힘없이 축 처진 게 신경 쓰인다. 부러진 건가?

"키키. 너, 그 팔……."

"……실수해쭙니다. 하지만 히가이아는 확실히 숙청해쭙니다……."

"거의 제가 쓰러뜨린 거나 마찬가지지만요."

"엘미라는 무승부입니다. 결정타는 키키입니다."

서로 얄미운 소리를 떠들 정도면 괜찮겠지.

뼈가 부러졌는데 울지 않는 것만으로도 대단한 근성이다. 나는 팔에 금이 갔을 때 눈물을 참는 데 필사였다.

'아무튼 이 괴물의 뒤처리를 해야지.'

내 안에서는 지금 격정과 우려라는 상반되는 감정이 대립했다.

……격정이란 말할 필요도 없이 우리 집 동거인들을 다

치게 한 일이다. 이 괴물이 누구인지는 모르겠지만 합당한 응징을 해주마.

……한편 우려란 그렇다고 내가 이놈을 쓰러뜨리는 건 상당히 위험하다는 거다. 그 역할은 어떻게든 류가에게 맡기고 싶다. 그 점은 양보할 수 없다.

'적을 쥐어패는 건 류가가 올 때까지다. 그 녀석이 나타난 타이밍에 궁지에 빠지자. 나로는 도저히 감당하지 못해서 류가에게 바톤 터치…… 이 수밖에 없어.'

짜고 치는 고스톱 같지만 새삼스러운 일도 아니다.

바톤 터치 때에 "큭, 틀렸어……. 【마신】이 둘이나 깃들어 있는 탓에 그걸 억누르는 것만으로 벅차……"라고 이후 전투에 참여하지 못하는 뜻을 밝히자. 그렇게 하면 전투 멤버에서 빼줄 것이다.

그런 방침을 굳히며 나는 다가오는 괴물 앞에 가로막고 섰다.

이렇게 새삼 가까이에서 보니 진짜 기분 나쁜 괴물이다. 이놈은 대체 무슨 생물이 베이스인 걸까? 여태까지는 한눈에 보면 알 수 있었는데…….

"그럼 나리, 얼른 해치워버립죠."

내 옆에 나타난 도철이 나란히 선다. 이미 칠흑의 전투 모드가 되어 있고 손가락을 뚝뚝 목을 우드득우드득 소리를 냈다. 웬일로 의욕적이다.

"이봐, 거기 얼굴투성이. 우리 꼬마가 신세 졌군. 죽여줄 테니 각오——."

방대한 사기를 흩뿌리며 도철이 걸어 나가려던 순간.

갑자기 내 가슴에서 두꺼운 팔이 쑥 나와 도철의 머리를 쥐었다.

"우옷?!"

'이봐, 기다려 텟짱. 이번에는 이 몸에게 맡겨.'

순식간에 그 팔이 내 안에서 도철을 도로 끌고 간다. 그러자 곧 대신에 혼돈이 나타났다. 내 머리 위에 마치 램프의 요정처럼.

이마에 거대한 뿔 하나가 있고 입에서 장대한 엄니를 드러낸 사 미터쯤 되는 거구를 자랑하는 우람한 체격의 위용……. 이전 제1부의 최종 전투에서 본 그 괴물이 그곳에 있었다.

"도령. 곧바로 일을 하겠다. 뭘, 2분도 걸리지 않을 거야."

"혼돈 아저씨, 괜찮은 거야? 힘은 얼마나 돌아왔어?"

"아직 삼 할 정도지만 저놈을 쓰러뜨리기에는 충분해. 단 이 몸은 숙주와의 별개 행동을 할 수 없으니까 도령도 근처까지 함께해야 한다."

하는 수 없이 승낙하자 내 안에서 도철이 맹렬히 항의했다. 혹시 이 녀석들 동시에는 나오지 못하는 건가?

'네놈, 웃기지 마 혼돈! 신입 주제에 뻔뻔하게 나서지 마!'

"신입이니까 도움이 되어야 하잖아? 너는 방귀라도 뀌고 있어."

'【마신】은 아이돌이랑 마찬가지로 방귀 따위는 뀌지 않는 다구!'

웃기네. 나는 이미 도철의 방귀를 육십 번은 들었다.

아무튼 나로서는 도철이든 혼돈이든 상관없다. 얼간이 랑 로리콘에 큰 차이는 없다.

"그럼…… 가볼까 나의 새로운 그릇이여."

거기서 혼돈의 말투가 바뀌었다. 류가와 싸울 때의 그 캐릭터다. 확실히 이쪽이 【마신】으로서 무시무시함이 있다. 상당히 연기파 아저씨다.

어느새 하늘은 두꺼운 암운으로 뒤덮였다. 우르릉 천둥 이 울리고 번개가 번쩍였다.

"호, 혼돈 남작이…… 이치로 남작에게……."

"다, 당신 【마신】이 둘이나 깃들었는데 어떻게 멀쩡할 수 있죠……?"

뒤에서 키키와 엘미라의 경악하는 목소리가 들렸다.

놀라는 것도 무리가 아니다. 나도 여전히 믿기지 않고 믿고 싶지 않다.

"──우보아아아아아아아!"

적과의 거리가 삼 미터를 끊었을 때. 느닷없이 괴물이 포효했다. 온몸에 있는 입들의 끔찍한 대합창이었다.

이어서 번쩍 들어 올린 괴물의 거대한 팔을 사정거리에 들어온 【마신】에게 맹렬하게 내려친다. 모든 체중을 실은 운석 같은 주먹이 지면의 나를 통째로 때려눕히고자 내려온다.

"위, 위험해 아저씨!"

"아저씨라고 부르지 마."

그 흉악무도한 일격을 혼돈은—— 검지를 퉁 튕겨버렸다. 농담 같은 방어술이었다.

공격이 되돌아오자 반동으로 괴물이 뒤에서 발을 굴렀다. 쿵쿵 땅울림을 일으키며 간신히 자세를 바로잡는다.

"나를 우롱하지 마라. 전력으로 덤벼."

……지금 괴물의 일격, 완전히 전력이었던 것 같은데.

4

썩어도 【마신】이라고 해야 하나, 혼돈의 강함은 압도적이었다.

괴물이 내찌르는 주먹 난무를 모조리 딱밤 하듯이 요격한다. 엘미라와 키키조차 버거워 한 상대를 마치 어린아이처럼 다뤘다.

크기로는 혼돈이 한층 작은데…… 격차가 분명했다.

"제, 제법이잖아 혼돈 아저씨……. 정말로 힘이 삼 할밖에 돌아오지 않은 거야?"

"그러하다. 본래 같으면 이 정도 회복하는 것만으로도 삼십 년은 걸린다. 설마 잠들지 않고 다시 싸울 기회가 있을 줄이야."

중저음 목소리에 환희의 기색을 담은 혼돈. 그건 괜찮지만 한편으로 숙주는 위기였다.

나는 조금 전부터 그들의 발치에 있었다. 거인들이 공방을 펼치는 가운데 짓밟히지 않으려고 필사로 도망쳤다.

도철에 비해 이 얼마나 다루기 불편한【마신】인가. 하지만 인제 와 체인지하면 화낼 테고…….

'보세요 나리, 역시 제가 낫습죠? 다루기 쉽죠?'

그것 보라는 목소리로 묻는 도철에게 나는 나도 모르게 "으, 음……" 하고 동의할 뻔했다.

'이 녀석은 힘이 돌아오지 않은 데다 나리에게 쓴 지 얼마 안 됐어요. 새로운 그릇에 익숙해지려면 일 년 가까이 걸립니다. 그러니까 우리는 되도록 이사하고 싶지 않은 거라구요.'

그랬던 건가. 익숙해질 때까지 시간이 걸리다니 청바지 같은 녀석들이다.

'그런 이유로 나리, 여기는 저로 갑시다! 이미 불펜에서 어깨는 풀었다구요! 심판에게 교대한다고 말하세요!'

누구냐 심판. 그보다 내 안에는 불펜까지 있는 건가.

지적보다 먼저 멋대로 도철이 동포에게 강판을 권고한다.

'어이 혼돈, 교대다! 구원 투수는 나에게 맡겨! 확실하게 마무리 지어 줄 테니까!'

"보결은 들어가 있어."

'이 자식아 뭐라고! 마무리 투수라고 해!'

"네놈이 나오더라도 비난만 받을 뿐이다."

'마, 말 다 했냐……. 이봐, 힘내 괴물! 이 【로리콘 마신】을 쓰러뜨려! 뭔가 필살기는 없는 거야?! 로켓펀치라든가! 뎀프시롤이라든가!'

그런 도철의 성원에 응한 건 아니겠지만.

괴물의 온몸에서 팔이 더 솟아났다. 한두 개가 아니라 엄청난 숫자다.

꼭 천수관음 같아진 괴물이 수없이 많은 팔을 일제히 움직인다. 정말로 필살기를 쓰잖아!

"시시한 쇼로군."

폭풍 같은 노도의 백렬권을 혼돈은 한 손을 한 번 휘두른 것으로 전부 날려버렸다. 그 직후에 팔 하나를 붙잡고 꺾어 우두둑 빼서 버린다.

"슬슬 네놈 상대도 질렸다. 사라져라."

다음 순간. 쿵! 그런 소리와 함께 내 눈앞에 괴물의 얼굴이 떨어졌다. 혼돈에게 맞은 힘으로 땅바닥에 내동댕이쳐진 것이다.

우옷! 깜짝 놀랐다! 도철이 내 마음을 대변했다.

일어나는 것을 허락하지 않고 혼돈이 또다시 펀치 연타를 쏟아낸다. 그때마다 괴물의 몸이 지면에 박힌다…… 이미 완전히 샌드백 상태였다.

"자, 잠깐만 혼돈! 이제 됐어! 더 하면 죽어버리잖아! 괴물 씨, 이미 다 죽어가니까!"

"무슨 문제가 있나? 【마신】에게 이빨을 드러냈다. 당연한 대갚음이다."

"그러면 안 된단 말이야! 수고했어! 이제 물러나도 돼!"

여기서 괴물을 쓰러뜨려 버리면 고개도 들 수 없다.

주인공이 만반의 준비를 하고 달려와 "거기까지다!"라고 외쳤을 때, 이미 적이 죽어 있으면…… 정말로 거기까지라면…… 류가가 '쓸모없는 아이'처럼 되어버린다.

그런 사태만은 피해야 한다. 주인공에게 수치를 주면서 무슨 친구 캐릭터인가!

"혼돈! 부탁이니까 물러나! 마운드를 내려와!"

"강판은 납득 못 한다. 계속 던지게 해줘."

"말 안 듣는 외국인 투수 같은 소리 하지 마! 이건 감독 명령이다! 선수 교대! 혼돈이랑 교대해 텟쨩!"

"들어줄 수 없는 의견이로군. 마무리 투수 따위 필요 없다!"

코바야시 감독의 지시를 무시하고 괴물을 다시 두들겨 패는 혼돈. 이제 적은 전혀 움직이지 않고 수없이 많은 팔도 축 처졌다. 이대로는 소멸도 시간문제다.

'큰일 났어! 빨리 심판에게, 킷타카 씨(일본의 전 프로야구 선수로 현재는 심판으로 활동하고 있다)에게 교대를 선고해야 해!'

내가 우물쭈물 당황하고 있을 때. 뒤쪽 엘미라와 키키가 갑자기 술렁이는 기척이 났다.

무슨 일인가 하고 돌아보자—— 그곳에 사도 하나가 있었다.

어느새 나타난 도마뱀형 이형 괴물이 그녀들에게 빠르게 다가가고 있었다.

"파, 팔이에요! 조금 전 내던진 괴물의 팔이 사도로 바뀌어서……."

"저, 저건 가사리입니다! 분명히 히가이아의 부대에 있던 병졸임니다!"

"이 사도, 전에 제가 쓰러뜨린 기억이……. 레이다를 공격한 사도 중에 이 도마뱀이 있던 듯한……."

괴물의 팔이── 사도가 되었다?

'대체 어떻게 된 거지? 혹시 이 괴물, 여러 사도의 집합체인가? 이 무수한 얼굴과 팔은…… 요컨대 그런 거였나?'

어쨌거나 구하러 가야 한다. 엘미라는 에너지가 바닥났다, 키키는 양팔 골절…… 둘 다 제대로 싸울 상태가 아니다.

"어이 혼돈! 저 도마뱀을 쓰러뜨린다! 거부는 용납하지 않는다!"

다짜고짜 몸을 돌려 엘미라 곁으로 급히 가려 했을 때.

──느닷없이 그녀들 옆에서 밝은 빛이 발생했다.

어두운 밤의 하천부지에 피어오른 희미한 발광. 곧 사라졌지만 같은 장소에서 작은 사람 그림자가 훌쩍 일어나 도마뱀 사도 앞을 가로막았다.

'뭐, 뭐야?'

키키보다 더 작은, 내 허리 정도밖에 오지 않을 키. 그 녀석이 짧은 양팔을 힘껏 펼친다. 마치 엘미라와 키키를

지키는 것처럼.

"……어머님과 누님께는 손가락 하나 건드리게 하지 않겠습니다."

작은 그림자에서 그런 소리가 나왔다. 영롱하고 기품 있는, 그러나 나이도 차지 않은 어린아이의 목소리였다.

"두 사람에게 위해를 가한다면 제가 상대하겠습니다. '상암의 혈족'이자 '나락의 사도'이기도 한── 이 코바야시 시즈마가."

──이게 무슨 일이야. 시즈마였다.

우리 집의 사랑스러운 천사가 '기어 다니기'도 아니고 '일어나기'를 하고 심지어 유창하게 말했다. 덤으로 코바야시 성까지 대면서.

'시즈마가…… 포스를 각성해버렸다.'

정말 오늘 밤은 뭐가 뭔지.

기겁할 이벤트를 얼마나 꽉꽉 채운 거야.

5

갑자기 급성장해버린 시즈마를 보고 나는 십 초쯤 얼이 빠졌다.

아니, 급성장이라는 표현에는 다소 어폐가 있다. 시즈마의 외견은 아직 두 살 아이 정도…… 키키보다 훨씬 어린 모습이다.

다만, 뭐라고 할까, 무척 똑 부러졌다.

엄청나게 예의 바르고 명석해 보이는 아이다. 주변의 들
뜬 훨씬 일을 잘할 것 같았다.

"시, 시즈마……?"

"시쥬마, 입니까?"

물론 방심한 건 엘미라와 키키도 마찬가지였다. 두 사람
다 입을 떡 벌리고 도마뱀 사도와 대치하는 시즈마를 눈을
동그랗게 뜨고 보았다.

"네, 시즈마입니다. 어머님, 누님."

"나, 나를 어머니라고……!"

"키키를 누나라고……!"

숨을 삼키는 두 사람을 향해 시즈마가 생긋 미소 짓는
다. 류가에게도 지지 않는 상큼한 스마일이었다. 비주얼은
두 살 아이지만.

"아카토리 히데오와 레이다…… 그들이 제 부모님인 건
알고 있습니다. 하지만 저에게 가족은 그 두 분만이 아닙
니다. 어머님, 누님, 그리고 아버님……. 저에게는 가족이
라 부를 소중한 사람들이 아주 많습니다."

아버님이라고 말했을 때, 시즈마가 나를 보았다. 무심코
내 가슴에 뜨거운 것이 치밀어 오른다.

"미온 아주머님, 주리 아주머님, 도철 아저씨도 그렇습
니다. 시즈마는──행복한 사람입니다."

'우우, 시즈마…… 훌륭하게 자랐구나……!'

내 안에서 도철도 울먹였다. 다행이구나, 애완동물이라고 생각하지 않아서.

하지만 시즈마. 미온과 주리에게 '아주머님'은 그만두는 게 좋아. 제대로 '누님'이라고 부르기 바란다. 절대로 상처받을 테니까.

"시즈마, 그게 당신의 성체인가요……?"

"모릅니다. 아마도 지금의 저는 어머님과 누님이 위기라 서둘러 가능한 성장한 거라고 생각합니다. 최소한, 두 사람을 지킬 수 있는 상태로——."

아직 한창 이야기 중인데도 도마뱀 사도가 시즈마에게 돌진했다.

귀까지 찢어진 입을 잔뜩 열고 어른스럽지 못하게 두 살 아이를 물어 죽이려는 이형 괴물. 고르지 않게 늘어선 치열에서 독살스러운 보라색 타액이 흘렀다.

"위험해!"

나와 엘미라와 키키가 동시에 외친 순간.

"이런 이런. 아직 이야기하는 중이에요, 가사리."

시즈마가 짧은 손가락을 딱 하고 튕겼다.

직후, 도마뱀 사도가 화르륵! 하고 발화한다. 치솟은 엄청난 불기둥이 가사리의 전신을 삼켰다.

'부, 불꽃 능력?!'

즉, 이건 친아버지·아카토리 히데오의 이능력이다.

히데오 씨는 손가락에 작은 불을 켜는 정도였다고 들었

지만 시즈마의 불꽃은 수준이 다르다. 본가인 엘미라에 필적하는 하늘을 찌를 듯한 업화였다.

통구이가 된 가사리가 땅바닥에 무너졌다.

마침내 불꽃이 꺼졌을 때는 이미 적은 소멸해 있었다. 지면에 원형의 불탄 흔적을 남기고.

"뭐, 뭐야 저 꼬마…… . 저게 아까 도령이 말한 레이다의 자식인가?"

내 머리 위에서 혼돈이 당황한다. 어느새 평소 캐릭터로 돌아와 있었다.

조금 전 엘미라를 찾아다니면서 나는 시즈마 얘기를 【신입 마신】에게 짤막하게 이야기해두었다.

한동안 혼돈을 코바야시 집안에 살게 하는 이상, 숨길 수는 없으니까…… . 어차피 엘미라는 이미 모두에게 이번 건을 털어놓을 작정이었으니까.

"그래. 저 아이가 우리 집 시즈마다. 설마 이렇게 조숙할 줄은 몰랐지만…… . 저 아이는 장군급은커녕 설마 관백급———."

"아버님! 뒤쪽! 조심하세요!"

우리 아이의 장한 모습에 홀딱 빠져있을 때였다. 갑자기 시즈마가 외쳤다.

놀라서 돌아보자 괴물이 일어나려 했다. 아마도 마지막 힘을 쥐어짜 보복이라도 할 생각이겠지.

"칫. 얌전히 자고 있으면 그대로 갔을 것을…… . 그렇게 최후의 일격을 원한다면 원하는 대로 해주지."

혼돈이 더벅머리를 거꾸로 세우고 다시 괴물을 돌아본다. 그러자.

'빈틈 발겨어어언!'

혼돈의 거구가 눈 깜짝할 사이에 내 안으로 끌려들어갔다. 말할 것도 없이 도철의 소행이었다.

'느어! 뭐 하는 거냐 텟짱! 놔라!'

'너의 순서는 이제 끝이다! 【마신】이 적의 숨통을 끊는 데 실패하다니 참으로 한심하군! 이군에서 조정하고 와!'

'웃기지…… 우옷, 구려! 네놈 방귀 뀌었구나!'

'네가 말했지! 방귀나 뀌고 있으라고!'

'네놈이야 말했잖아! 【마신】은 방귀를 뀌지 않는다고!'

왜인지 내 안에서 【마신】이 다투고 있다. 【마신】끼리 일대 일이면 작중 굴지의 정상 결정일 테지만…… 전혀 흥미가 생기지 않는 건 어째서일까.

이쪽 사정을 무시하고 괴물이 간신히 '일어나기'에 성공한다.

이미 움직이는 팔은 본래 위치에 있는 두 개뿐. 그래도 불안한 걸음걸이로 비틀비틀 다가온다. 여전히 전의를 잃지 않은 건 훌륭하지만 명백히 빈사 상태였다.

이 상태로는 이제 최후의 일격만 먹이면 될 것이다. 큭, 류가는…… 류가는 아직 오지 않은 건가!

"아버님. 주제넘지만 제가 쓰러뜨릴까요."

"아니! 괜찮아! 아빠 힘낼게!"

조심스레 말한 시즈마에게 나는 허둥지둥 고개를 가로저었다. 두 살 아이라면 떼가 느는 '싫어싫어 시기'일 텐데 누나와 달리 아직 반항기가 아닌 듯하다.

'와라 텟짱! 네 차례다!'

나는 하는 수 없이 괴물에 접근해 머릿속에서 불렀다. 도철이라면 상대를 쓰러뜨리지 않고 시간을 잘 벌어줄 것이다.

……하지만【마신】은 듣지 않았다.

'그게 아니야 혼돈. 좀 더 이렇게 손목 스냅을 쓰라구. 이렇게.'

'아무래도 릴리스 포인트가 안정되지 않는단 말이지.'

'먼저 컨트롤보다 자세를 완성해야 해. 자, 다시 한번 던져봐.'

'흥!'

'옷, 나이스 볼! 좋아, 한 번 더 와라!'

"너나 빨리 와!"

괴물을 눈앞에 두고 나는【마신】들을 마구 혼냈다.

이 녀석들은 상황 파악을 하는 건가! 어느새 화해한 거야! 역시 내 안에는 불펜이 있는 건가!

"정말로 투구 연습하지 마! 나 혼자서 상대하라는 건가?! 너희 전부 전력 외 통고——."

도중에 소리 지르는 것을 그만두고 나는 옆으로 땅바닥

을 굴렀다.

직후에 괴물의 다리가 내가 일 초 전까지 있던 장소를 쿠쿵 하고 짓밟는다. 위험했다. 아버지 죽을 뻔했다!

"아버님! 역시 제가!"

"오지 마 시즈마! 거기서 보고 있어! 싸우는 아버지의 등을 두 눈 크게 뜨고 잘——."

그런 나의 말은 또다시 중간에 가로막혔다.

내가 이제나저제나 기다리던 늠름한 외침으로.

"거기까지다! '나락의 사도'!"

우리의 뒤쪽에 펼쳐진 어둠 속에서 황금색 오라를 두른 소년이 질주해온다.

목소리의 주인은 순식간에 엘미라의 옆을 지나 내 옆을 지나 괴물의 배때기에 강렬한 날아차기를 먹였다.

나가떨어져 뒤집혀 다시 땅바닥에 엎드린 괴물. 그런 적을 무시하고 소년이 공중에서 몸을 비틀어 내 앞에 화려하게 착지한다.

물론 그건—— 히노모리 류가였다.

이 자리의 막을 내리기 위해 우리의 주인공이었다.

'와, 왔다아아아아!'

치밀어오르는 환희와 안도를 맞이하며 나는 곧바로 땅바닥에 한쪽 무릎을 꿇는다. 과장되게 헉헉 숨을 헐떡이고 티 나지 않게 얼굴과 옷에 진흙을 묻힌다.

"기다렸지, 이치로. 하천부지밖에 알려주지 않아서 찾느라 고생했어."

"사, 살았다 류가……. 헤헷, 한심하지만 이제 떠들 기운 조차 남아 있지 않아…….."

"조금 전에 소리치지 않았어? 싸우는 아버지의 등이 어쩌고."

"그건 환청이다."

딱 잘라 부정하자 류가가 관자놀이를 긁적였다. 이어서 두 눈동자가 엘미라, 키키, 시즈마를 향하고 마지막에 다시 괴물로 돌아왔다.

"자세한 상황은 잘 모르겠지만…… 먼저 저 괴물을 쓰러뜨리는 것이 우선인가. 저건 '나락의 사도'인 거지?"

"응, 맞아……. 그렇게 해석하면 돼……. 엘미라와 키키의 활약으로 적은 꽤 약해졌어……. 그래도 나는 꼼짝도 못 했지만…… 콜록! 콜록!"

공로를 두 사람에게 떠넘기고 병자처럼 기침하는 나. 기합으로 이마에서 폭포 같은 땀을 흘려보였다.

"아무튼 뒷일은 맡겨둬. 한방으로 끝내지."

황금 오라를 흩뿌리며 류가가 쓱 전진한다.

……곧바로 그걸 쓸 작정이겠지. 자신을 광탄으로 바꾼 필살의 폭격을. 통칭 '드래곤 펑(내가 지음)'을.

괴물은 여전히 일어나지 못하고 있다. 잘 보니 온몸 여기저기가 융해·증발을 시작했다. 이미 소멸하고 있는 건가.

'부탁이야! 조금만 더 버텨줘! 파이팅이다 괴물! 너는 절

대로 혼자가 아니야!'

마음속으로 응원을 보내는 나를 제쳐 놓고 류가의 오라가 점점 거대해진다. 그것이 그녀의 등에서 거대한 황금룡 모습을 형성한다. 할 수 있다! 아슬아슬하게 늦지 않겠어!

"신위 해방! 【황룡】!"

"신위 해방! 【현무】!"

류가가 씩씩하게 외친 그 순간.

마찬가지로 신위 해방을 외친 자가 있었다.

놀랄 틈도 없이 괴물 머리 위에 사람이 뛰어올랐다. 밤하늘을 날아 빙글빙글 회전하는 그 녀석은 잘 보니 작은 체구의 소녀였다.

작은 체구라 해도 물론 키키는 아니다. 하물며 시즈마도 아니다.

그자는 바로—— 이번 에피소드에 거의 개입하지 않았던 분위기를 전혀 읽지 않기로 정평인 '성벽의 수호자' 쿠로가메 리나였다.

"쿠로가메류 아르켈론권 비기! 비권 갑골 너클!"

낙하와 회전의 기세 그대로 쿠로가메가 괴물의 정수리에 오른손 주먹을 꽂는다.

그 손에는 아주 투박한 글로브를 끼고 있었다. 아마도 그건 수호신인 【현무】를 구현시켜 변형, 장착한 것—— 공수를 겸비한 견고한 갑각 장갑이다.

"리, 리나?!"

"그만해 바보야! 쓸데없는 짓 하지——."

권법 소녀의 주먹이 떨어진 순간. 괴물이 산산이 폭발했다.

단말마조차 지르지 못하고 가루가 되었다.

충격으로 지면이 흔들리고 대기가 찌르르 떨린다. 강이 성대하게 일렁이고 단숨에 역류한다. 난센스한 네이밍과는 반대로 장난 아닌 파괴력이었다.

"…………."

흔적도 없어진 괴물을 그곳에 파인 크레이터 같은 큰 구멍을 나는 기운이 빠진 채 바라보았다. 양손과 양쪽 무릎을 땅에 짚고 네 발로 엎드리면서.

——이게 무슨 일이야. 거북이가 저질러버렸다.

아슬아슬하게 제때 도착한 주인공의 하이라이트를 낚아채 버렸다.

6

"후우, 이겼다!"

자신이 만든 큰 구멍에서 통 하고 뛰어오르더니 쿠로가메 리나가 씩 웃었다.

그대로 우리 곁으로 와서 갑각으로 덮인 손으로 더블피스를 하는 거북이. 뒤늦게 깨달았는데 쿠로가메는 파자마 차림이었다. 신발도 샌들이었다.

'이 거북이, 어떻게 해줄까……. 푹 끓여서 자라탕이라도

만들어 버릴까……!'

여전히 네 발로 엎드린 채로 원망을 담아 쿠로가메를 올려다보는 나와는 대조적으로.

순서를 빼앗긴 당사자인 류가는 어깨를 으쓱하며 쓴웃음을 지었다. 이런 이런, 하는 느낌으로 착실하게도 소꿉친구의 머리를 쓰다듬었다.

"수고했어, 리나. 대답이 없어서 분명 자는 줄 알았어."

"에헤헤, 늦어서 미안 류짱. 오늘은 레이짱 집에 묵었거든. 그래서 레이짱이랑 시오짱은? 벌써 왔을 거라고 생각했는데."

"유감이지만 제때 온 사람은 리나뿐이야. 그 두 사람은 마침 묘지 부근을 순찰했나 봐……. 그곳에도 사도 집단이 나타난 것 같아. 우연히 미온과 주리를 만나서 협력해 섬멸한 모양이지만."

그랬군. 류가는 동료들에게 메시지를 보낸 건가.

공동묘지에 있던 사도의 집단은 아마도 우리 집을 습격한 놈들이겠지. 쿠로가메도 그쪽으로 가면 좋았으련만…….

"그런데 류짱. 나의 새로운 필살기 어땠어? 잘 봤어?"

"응. 갑골 너클이었나."

"응! 설명할게! 갑골 너클은 구현시킨 가메오 군을 주먹에 두르고 있는 힘껏 때리는 기술이야! 엄청난 위력이지! 캐나다에서 무사 수행으로 고안했어!"

몰라. 듣고 싶지도 않아.

그보다 나는 지금 진심으로 통감했다. 정말로 쓰러뜨려야 하는 이야기의 적은 궁기가 아니라—— 이 녀석 아닐까.

"아무튼 나만이라도 전투에 늦지 않아 다행이야! 그럼 졸리니까 이제 돌아갈게! 잘 자!"

"응?"

한 손을 척 들더니 쿠로가메는 몸을 돌려 "와—아" 하고 달려갔다. 엘미라는 보지도 않고.

마지막의 마지막에서 멋진 부분만 가져가고 우쭐하며 필살기를 자랑하고 바람처럼 퇴장해버렸다. 너 하고 싶은 대로 다 하냐.

……그런 쿠로가메를 지켜보는 류가의 어깨에 코믹컬한 꼬마용이 앉아 있었다. 꼬마용은 당연히 그녀의 수호신 【황룡】 론땅이다.

모처럼 구현했는데 허탕을 친 꼬마용이 따분해하고 있다. 마침내 론땅은 "규삐……" 하고 투덜거리듯이 운 다음 하는 수 없이 모습을 감추었다.

거북이 소동이 막을 내린 후 3분간에 걸쳐.

나는 이번 일을 간추려 류가에게 설명했다.

원래는 엘미라가 이야기하는 것이 도리겠지만, 이 상황에서 누가 이야기하든 마찬가지라고 본다. 아니, 오히려 내가 설명하는 편이 삼 공주와 엘미라의 동거를 숨기고 이야기하기에 좋았다.

"저 아이가 뱀파이어와 사도 혼혈이라고……?"

"그래. 조금 전까지 갓난아이였지만. 엘미라와 키키가 협력해 줄곧 궁기 진영으로부터 지키고 있었어."

"그랬던 건가……. 그래서 이치로는 거기에 휘말려버린 거고."

"그렇지. 하지만 어쩔 수 없이 그런 것도 아니야. 시즈마를 지키려고 생각한 건 누구도 아닌 나 자신의 의사야."

이야기를 이어가면서 나와 류가는 당사자들 곁으로 걸어갔다.

그곳에는 엘미라가 키키와 함께 시즈마를 꽉 끌어안고 있었다. 참고로 시즈마는 얇은 상의만 입은 모습이다.

"시즈마, 몇 초 못 본 사이에 이렇게 컸군요……."

"어머님. 어머님의 애정은 늘 제 몸으로 느끼고 있습니다. 저는 당당하게 말하겠습니다. 시즈마의 어머니는 두 사람 있다고."

"시쥬마, 여기에 누나도 이쭙니다."

"누님. 양팔은 괜찮으신가요? 제가 조금 더 빨리 성장했더라면…… 죄송합니다."

그런 세 사람을 한동안 바라보고 나서 류가는 타이밍을 계산에 말을 걸었다.

"엘, 빈혈은 괜찮아? 상당히 괴롭지?"

"류가…… 이번 일은 여러모로 죄송해요……. 제가 멋대로 행동해서 폐를⋯⋯."

"이야기는 들었어. 일단 내 피를 마시고 에너지를 보급해."

몸을 수그리고 목덜미를 내민 류가의 후의에 기대 엘미라가 피를 빤다. 그 직전에 나를 흘끔 본 건 아마도 내 피를 빨고 싶었기 때문이겠지.

흡혈 당한 상태로 류가는 이어서 에조늑대 소녀에게 고개를 숙인다.

"키키. 엘을, 내 동료를 도와주었다고. 고맙다."

"따, 딱히 엘미라를 위한 게 아닙니다. 시쥬마를 위해섬니다."

"팔은 아픈가?"

"문제 업쭙니다. 키키는 장군입니다. 골절 따위 부상 축에도 들어가지 안쭙니다."

"들어가. 곧 시오리가 올 테니까 치유해 달라고 해. 그리고⋯⋯ 시즈마 군."

마지막으로 류가가 시즈마를 향해 미소 지었다.

어째서인지 주인공과 눈을 마주치지도 못하고 부끄러운 듯이 우물쭈물하는 두 살배기. 이 아이는 뜻밖에 낯을 가리는 성격이었나.

"무서워하지 않아도 돼. 나는 히노모리 류가, 네 가족들의 친구다."

"처, 처음 뵙겠습니다, 시즈마입니다. 아버님을 도와주셔서 감사합니다⋯⋯."

"괜찮으면 너도 피를 빨래? 불꽃 에너지로 혈액을 소비한 건 시즈마 군도 마찬가지지?"

"아, 아니요! 저는 아버님 피를 빨게요!"

시즈마가 새빨개져서 목과 양손을 휘휙 저었다. 쿨한 시즈마답지 않은 리액션이었다.

'혹시 시즈마…… 류가가 마음에 든 건가? 두 살에 사랑에 빠진 건가?'

그렇다면 얼마나 조숙한 아이인가. ……아니 잠깐만. 류가가 여자라는 사실을 시즈마는 알고 있을까? 혹시 남자라고 생각한다면, 그러면서 이런 반응이라면…… 진심으로 유감이다만 엘미라의 교육이 성공한 것이 된다.

'안 돼 시즈마! 그쪽으로 가면 안 돼! 레이다가 알면 뒤집힐 거야!'

전전긍긍하고 있자 갑자기 시즈마가 정신을 차린 듯이 에헴 하고 헛기침을 하더니 나를 바라보았다. 크고 똥그란 눈에 어울리지 않는, 몹시 심각한 눈길이었다.

"아버님. 잠시만…… 【마신】님 두 분과 이야기를 나누어도 될까요?"

"어? 으, 응."

고개를 끄떡이자 동시에 내 뒤에 도철과 혼돈이 배후령처럼 나타난다. 두 사람 다 상반신밖에 나오지 못한 것으로 보아 역시 둘 중 하나밖에 완전히 구현되지 못하는 모양이다.

"오우 레이다의 자식. 이 몸에게 무슨 용건이지."

"시즈마, 아저씨에게 뭐든 말해. 앗, 류가땅! 안녕!"

혼돈은 뻔뻔한 태도이고, 도철은 류가에게 손을 흔들었다. 주인공이 난처한 표정을 지으며 하는 수 없이 조심스레 손을 흔들었다.

이런 두 【마신】을 앞에 두고 시즈마가 한쪽 무릎을 꿇고 정중히 고개를 숙인다.

"혼돈 님, 도철 아저씨. 시즈마는 '나락의 사도'의 일원으로 두 분께 충성을 맹세합니다. 두 주군을 섬기는 형태가 되는 것을…… 허락해주시겠습니까."

"마음대로 해. 어차피 우리들은 그릇이 똑같아. 크게 문제는 없어."

"시즈마, 주군 명령이다. 놀고 싶을 때는 언제든 말해."

"……고맙습니다. 그리고 또 한 가지, 긴히 청할 일이 있습니다."

고개를 들지 않은 채, 시즈마가 말을 잇는다. 【마신】 상대로 조금도 주눅 들지 않는 두 살배기다.

"부디 이 시즈마에게 '상암의 혈족'으로 사는 것도 허락해주시겠습니까. 사도임과 동시에 뱀파이어이기도 한——그것이 저의 긍지이니까요. 아카토리 히데오와 레이다 사이에서 태어난 저의 중요한 레종 데트르이니까요."

"그것도 마음대로 해. 네가 사는 방식에 참견할 마음은 없어."

"시즈마. 그 레종 뭐시기가 무슨 뜻이지?"

도철이 두 살배기의 어휘를 이해하지 못하고 있다. 레종 뭐시기도 모르다니 부끄러운 【마신】이다. ……나중에 조사해두자.

혼돈과 도철에게 새삼 감사를 표한 뒤. 드디어 일어난 시즈마가 그대로 나에게 안겼다.

"시, 시즈마?"

반사적으로 번쩍 안아 올리자 사랑하는 아들이 생긋 웃는다. 당연하지만 그 몸은 놀라울 만큼 가벼웠다. 목덜미를 덥석 물었지만 피쯤이야 실컷 주마.

"아버님. 줄곧 이야기하고 싶었어요……."

"그, 그랬어?"

"예. 전하고 싶은 말이 아주 많았어요. 폐를 끼쳐서 죄송하다고. 늘 곁에 있어 주어서 감사하다고. 그리고…… 사랑한다고."

내 마음속에 또다시 뜨거운 것이 치밀어 오른다.

역시 이 아이는 내가 거두자. 애 딸린 친구 캐릭터가 있어도 되잖아. 좀 참신하지 않을까.

……딱 한 가지 걱정은 시즈마가 진짜로 류가에게 반했다면 상당히 복잡해진다는 점이다.

먼저 도철과 시즈마가 연적이 되어버린다. 그리고 류가 본인은 나를 바라고 있다. 그걸 알았을 때…… 나는 시즈마에게 미움받지 않을까.

그런 걱정을 하고 있을 때. 흡혈을 마친 시즈마의 얼굴이 야무지게 진지해졌다.

땅에 내려놓아 달라고 부탁해서 말하는 대로 하자 시즈마는 일동을 향해 결연히 선언했다. 생각지도 못한 말이었다.

"여러분, 들어주십시오. 저는──이계로 가고자 합니다. 물론 저 혼자서요."

나를 비롯한 모두가 넋이 나갔다. 이계로…… 간다고?

"시즈마! 어째서요?! 어째서 이계로──."

비명처럼 외친 엘미라에게 시즈마가 괴로운 듯이 말한다.

"이유는 세 가지 있습니다. 한 가지는 궁기 님께서 저를 노리는 것. 여기에 있으면 반드시 폐를 끼치고 맙니다."

"그런 거 아무렇지도 안쮸니다! 시쥬마는 키키가 지킴니다! 가면 실쮸니다!"

키키도 새된 소리를 지르고 골절된 양손도 개의치 않고 시즈마에게 매달린다.

그런 바가지머리 소녀를 상냥하게 안으며 시즈마는 계속해서 말을 이었다.

"두 번째 이유는 이계를 통제하는 일입니다. 누님들을 대신해서요."

"토, 통제? 무슨 말임니까?"

"이계를 통솔하는 역할을 진 누님들 '나락의 삼 공주'……. 그런데 지금 모두 인간계에 있습니다. 삼 공주가 부재한 이계는 아마도 무정부 상태에 가까울 겁니다. 그 질서를 회복할 존재가 필요해집니다."

"그걸 시즈마가 한다는 거야?"

당황하며 물은 나에게 시즈마가 고개를 끄덕였다.

"네. 누님들은 인간계에서의 사명이 있습니다. 혼돈 님과 도철 아저씨의 부하로서 전력이 되어야 한다는 사명이……. 삼 공주님의 역할을 제가 이어받는 것으로 조금이라도 은혜를 갚고 싶습니다."

"위험합니다! 저쪽에는 난폭한 자들이 많쭙니다! 신참인 시쥬마를 얌전히 따르지 않을 겁니다!"

"괜찮습니다 누님. 저는——장군급이니까요. 폭장 키키의 동생이니까요."

힘주어 말하고 키키의 얼굴을 쓰다듬는 시즈마. 누가 나이가 위인지 모르겠다.

"그래서 시즈마, 세 번째 이유는……."

뱀파이어 소녀 역시 눈물을 글썽이며 묻는다. 에너지 보급을 하여 안색은 좋아졌지만 표정은 비통하게 일그러졌다.

"낳아준 어머니, 레이다의 영혼이——이계로 송환되었는지 확인하고 싶습니다."

"…………."

"만약 어머니의 혼이 이계로 돌아오지 않았다면…… 궁기 님께 회수되었음을 의미합니다. 어머니의 부활을 조건으로 어떤 요구를 해올지도 모릅니다."

확실히 궁기가 레이다의 혼을 회수했는지 아닌지로 앞

으로의 대응은 달라진다.

하지만 미온은 말했다. 사도임을 포기한 레이다를 궁기가 되살릴지는 모르겠다고. 그렇다면 회수하지 않았을 가능성도 버리지 못한다.

레이다 영혼의 소재를 확인하려면 이계로 가보는 것이 제일이다.

직접 궁기에게 "레이다의 혼을 회수했어?"라고 묻는 것은 더없이 어리석은 짓이다. 놈이 솔직히 대답할 보증은 어디에도 없으니까.

"이 세 가지 이유는 제 개인적인 감정에 지나지 않습니다. 설령 어머니의 혼이 궁기 님 손에 있더라도…… 여러분이 전투에 주저할 필요는 없습니다. 자신이 구실이 되기를 어머니도 바라시지 않을 테니까요."

시즈마가 이계로 갈 이유는 어느 것이고 납득할 수 있었다.

우리를 위해, 사명을 위해, 그리고 자신을 위해서라는 반론할 수 없는 이유였다.

'한동안 궁기도 시즈마가 이계에 몸을 숨긴 걸 알아채지 못하겠지. 알아챘을 때는 이계는 시즈마가 쥐고 있다……. 두 살배기의 발상이라고 생각할 수 없어.'

하지만. 시즈마의 계획에는 유감스럽게도 커다란 구멍이 있다.

애초에 이계로 갈 방법이 없다. 시공의 비틀림으로 생겨난 금은 봉인되고 혼돈도 문을 열만큼 회복되지 않았다.

계획은 전제부터 파탄 나 있다.

그걸 지적하려 한 바로 그때. 혼돈이 먼저 입을 열었다.

"시즈마. 설마 너, 이 몸이 능력을 쓸 만큼 회복한 걸 알아챈 건가?"

일동이 "뭐?" 하고 목소리가 뒤집히는 가운데 시즈마만 고개를 작게 끄덕였다.

"지금의 혼돈 님은 아마도 삼 할 정도 힘이 돌아오신 상태겠죠……. 한 번 정도라면 문을 여실 수 있지 않습니까?"

"명답이다. 10초 정도라면 문을 여는 것이 가능하지."

――이게 무슨 일이야. 설마 시즈마는 그것을 다 집어넣은 계획을 이야기한 건가.

나보다도 훨씬 상황을 잘 파악하고 가미한 제안이었던 건가. 이 아이는 혹시 이미 지능으로 나를 뛰어넘은 건……. 아버지, 기쁘기도 하고 의기소침해지기도 하고…….

"혼돈 님, 부디 부탁드립니다. 되도록 지금 당장이라도 문을."

"지, 지금 당장? 그건 상관없지만……. 지금 상태로는 다음에 언제 문을 열 수 있는지 몰라. 일 년 후일지도 모르고, 십 년 후일지도 모른다."

"그래도 상관없습니다. 시간을 두면 제 결심이 약해질 거예요……."

의연하게 말하는 시즈마를 엘미라와 키키가 필사로 만

류했다.

"기다리세요 시즈마! 당신의 의사는 어머니로서 존중할게요! 하지만 그렇게 서두를 것은…… 조금 더 있다가도! 하다못해 양복을 사고 나서라도!"

"가버리면 다음에는 언제 만날 수 있을지 모릅니다! 실쭙니다! 집으로 돌아가 함께 《스펙터클맨》을 봅니다!"

그런 두 사람에게 시즈마는 눈물을 글썽이면서도 억지로 미소를 지었다.

"괜찮습니다 어머님, 누님. 저는 확실합니다. 금방 다시 만날 수 있다고요."

"…………."

"아버님이 그릇인 이상 혼돈 님은 예상 이상으로 빨리 회복하실 겁니다. 그러니까——분명히 괜찮을 거예요."

"…………."

"떨어져 있어도 마음은 이어져 있습니다. 엘미라 매카트니의 아이로서, 폭장 · 키키의 동생으로서……. 코바야시 시즈마는 반드시 사명을 다하겠습니다. 사도와 인간의 공존…… 아카토리 히데오와 레이다의 간절한 소원을 완수하기 위해서라도."

……그로부터 잠시 시간이 흐르고.

엘미라와 키키는 간신히 시즈마에게서 떨어졌다. 결의가 얼마나 굳은지 깨달은 거겠지.

나도 더는 말릴 생각은 없었다. 시즈마가 뜻이 있어 여행을 떠난다면…… 웃으며 보내주는 것이 아버지라는 존재다.

'결국 이제 나 하기 나름이야. 얼마나 빨리 혼돈을 회복시킬 수 있을지에 달렸어.'

이렇게 되면 혼돈에게 생명력을 콸콸 주는 수밖에 없다.

혼돈이 자유롭게 문을 열게 된다면 그만큼 시즈마와 다시 만날 날도 빨라진다. 반대로 이쪽에서 이계로 들어가는 것도 불가능하지 않다. 나는 시즈마를 어떻게든 레귤러 캐릭터로 만들고 싶었다.

무엇보다 혼돈이 완전히 회복하면 그 시점에서 쿄카에게 반품할 수 있다. 대기 전력만 공급하는 상태라면 쿄카가 쇠약해질 일도 없을 테니까.

그런 속셈을 하는 동안에도 세 사람의 기묘한 가족들은 마지막 인사를 나누었다.

"시즈마. '상암의 혈족'으로서 부끄럽지 않도록 착실히 하렴."

"알겠습니다, 어머님."

"시쥬마. '나락의 사도'로서 삼 공주 대행으로서 애쓰길 바랍니다."

"알겠습니다, 누님."

격려의 말을 하면서도 언제까지고 아쉬워하며 시즈마를 바라보는 뱀파이어 소녀와 에조늑대 사도. 나는 두 사람의 어깨에 손을 툭 얹고 재촉하듯이 고개를 끄덕였다.

"이제 보내주자. 괜찮아, 이게 시즈마와의 영원한 작별은 아니야."

반드시 조만간 다시 만나게 해준다. 아버지의 위신을 걸고.

"어머님, 누님, 그리고 아버님……. 다음에 만날 날까지 부디 건강히 지내세요."

"당연하죠. 아직 시즈마와는 하고 싶은 이야기가 산더미처럼 있는걸요. 뱀파이어답게 밤새 이야기해요."

"키키 쪽이 시쥬마와 할 이야기가 더 만쭙니다."

"제가 더 많아요."

"키키가 더 만쭙니다."

이 마당에 이르러 겨루려 하는 두 사람에게 시즈마가 쓴 웃음을 짓는다.

"저에게 한 가지 부탁이 있습니다. 되도록 싸움은 삼가주세요. 가족이 사이좋게 돌아오기를 기다려주는…… 그것이 저에게 가장 기쁜 일이니까요——."

마침내 혼돈이 연 작은 문으로 시즈마는 사라졌다.

장지문 하나만 한, 생각보다 소박한 문이었다. 원래는 교문만 한 크기인 듯하지만 지금의 혼돈에게는 이것이 한계라고 한다.

"시즈마 군. 엘과 키키는 걱정하지 마. 우리가 함께 있으니까."

헤어질 때, 류가가 건넨 한마디에 역시 시즈마는 허둥거렸다.

시즈마가 "류가 씨는 멋진 여성이로구나……"라고 작게 중얼거린 소리를 듣고 나는 남몰래 안도했다. 다행이다. 류가를 여자애라고 제대로 인식하고 있던 듯하다.

"시즈마…… 저희는 임시가 아니라 진짜 가족이 되었군요……."

"이제 레이다가 되살아나도 키키는 계속 시쥬마의 누나입니다……."

쓰러져 우는 엘미라와 키키를 류가가 위로했다.

마찬가지로 쓰러져 우는 도철을 혼돈이 위로한다.

그녀들을 위해서 나는 도철을 정기적으로 이계로 보낼 생각이었다. 이 녀석은 십 분 정도라면 이계로 전이할 수 있다고 하니까……. 편지를 주고받는 정도는 할 수 있을 것이다.

──이렇게 이번의 '사도 아기 에피소드'는 일단 막을 내렸다.

뜻밖에도 도철이 제안한 "이계에 숨길깝쇼?"라는 결말로.

'그러고 보니 결국 괴물은 여전히 수수께끼였군. 쓰러뜨린 히가이아도 부활하지 않았고……. 궁기 녀석 무슨 생각을 하는 거야?'

여러 가지 걸리는 점이 남고 말았다. 궁기와는 조만간 비밀리에라도 접촉할 필요가 있을지 모르겠다.

다만 오늘 밤에는 그만 푹 자고 싶었다. 몸과 마음 모두

정말로 지쳐버렸다.

시즈마와 헤어진 상실감으로 잠들 수 있을지 없을지 모르겠지만.

에필로그

시즈마가 이계로 떠난 다음 주.

엘미라는 학교로 복귀했다. 이미 주거도 코바야시 집에서 자택 맨션으로 옮기고 이전의 자취 생활로 돌아갔다.

"내키면 언제든 놀러 올게요. 미온의 요리, 맛있으니까."

삼 공주와 같이 사는 것을 말하지 않는 대신이라면서 뱀파이어 소녀는 우리 집 보조키를 반납하지 않고 가지고 가 버렸다.

다소 불합리하지만 어쩔 수 없다. 이제 그만 때를 봐서 류가와 히로인들에게 동거 사실을 밝혀야 한다……. 결국 말 못 하고 질질 끌 것 같지만.

"코바야시 이치로. 이번 일은 정말로 고맙습니다……. 이 엘미라 코바야시 매카트니, 당신에게 다시금 반했습니다. 고향으로 가는 이야기, 생각해보세요."

집을 나갈 때, 엘미라는 그렇게 얘기했다. 그녀의 풀네임에 뭔가 쓸데없는 것이 추가된 기분이 들지만…… 환청이 틀림없다.

──하천부지에서의 전말을 사후 보고로 들은 미온과 주리는 시즈마와의 작별에 함께하지 못한 것을 상당히 아쉬워했다.

"시즈마도 매정하네……. 우리한테도 성장한 모습을 보

여주면 좋았을 텐데."

"후후, 걱정하지 마 미온. 이치로 님이라면 금세 혼돈 님을 회복시켜 줄 거야. 머지않아 멋진 시즈마를 만날 수 있어."

"그렇지……. 그럼 다시금 혼돈 님."

그날 오후 여덟 시. 전원 집합한 거실에서.

삼 공주가 가로로 나란히 늘어서 나를 향해 자세를 바로 했다.

"오우. 그러고 보니 제대로 된 인사가 아직이었군."

그것을 보고 내 등 뒤에 기골이 장대한 커다란 남자가 나타났다. 덥수룩한 수염이 자란 와일드하고 지저분한 아저씨…… 혼돈이다.

내가 도철에 이어 혼돈의 그릇이 되었다는 이야기를 들었을 때, 당연하지만 미온과 주리는 말을 잃었다. 그 사실을 제대로 받아들이지 못했는지 인사가 미뤄지게 되었다.

"혼돈 님. 늦은 대응, 진심으로 사죄드립니다. 예상을 훨씬 뛰어넘는 사태에 부끄럽게도 동요하고 말아……."

"신경 쓰지 마. 한 사람의 그릇에【마신】이 둘이나 씐다니 전대미문이니까. 이 몸도 여전히 믿기지 않을 지경이다."

내 옆에 앉아 찻잔을 호로록 마시는 혼돈. 앉을 때 "이영차" 하고 말하는 부분이 역시 아저씨였다.

그런 혼돈에게 미온이 자세를 바로 한 채 계속 말했다.

이럴 때 삼 공주를 대표하는 건 그녀이다. 장녀 같은 존재는 주리이지만 리더격은 미온이다.

"저희 '나락의 삼 공주'는 도철 님과 마찬가지로—— 혼돈 님 또한 섬기기로 하였습니다. 두 분이 화해하신 지금, 연합군이라는 형태가 되지 않을까 하옵니다만…… 어떠십니까?"

"너희는 지금까지처럼 텟짱의 부하로 있어. 이 몸은 힘이 돌아오면 쿄카땅의 곁으로 돌아갈 예정이니까. 음, 그때까지는 동맹 관계란 것으로 해두지."

삼 공주가 입을 모아 "옙" 하고 대답했다.

참고로 키키는 이미 양팔의 골절이 완치되었다. 그날 밤, 곧이어 달려온 유키미야가 부상을 치유해주었다. 생각해보면 나도 금이 갔을 때 치료받을 걸 그랬다. 찜질이면 충분하다고 생각했다.

시즈마가 떠나고 나서 키키는 한동안 쓸쓸한 듯이 울적해 있었지만……. 어제 간신히 기운을 되찾았다.

그 이유는 해양괴수 자바제바제와 무쇠팔괴수 규오고퐁.

다 함께 서로 용돈을 내서 키키가 가지고 싶어 하던 소프비 괴수를 선물했다. 열심히 한 상으로.

도철은 마지막까지 모금에 떨떠름했지만 결국에는 백오십 엔만 냈다. 키키를 다치게 한 괴물을 쓰러뜨릴 의욕도 넘쳤고 의외로 부하 생각하는 마음이 깊은지도 모른다. 백오십 엔이지만.

"그럼 혼돈 님, 잘 부탁드립니다. 원하시는 것이 있으면 뭐든 말씀하십시오."

"오우."

"반드시 궁기 님을 쓰러뜨립시다. 이 미온, 이미 궁기 님을 반역하는 데 아무런 주저함도 없습니다. 키키를 상처 입힌 이상은."

"이 주리도 같은 생각이옵니다."

"오, 오우."

투지와 분노를 불태우는 미온과 주리를 보며 혼돈이 약간 질린 표정을 지었다.

……셋째의 부상을 들었을 때, 장녀와 차녀는 등줄기가 얼어붙을 만큼 무서운 얼굴을 했다. 자신들이 괴물을 죽이지 못한 것을 시즈마와의 작별 이상으로 아쉬워했다.

그만큼 삼 공주의 연대는 강한 것이겠지. 어떤 의미로 가장 무서운 육성회라 할 수 있다.

"그런데 혼돈 님. 그런 이유로 이 미온이 전할 말이 있습니다."

갑자기 미온이 에헴 하고 기침을 하고 무릎을 꿇은 상태에서 정좌했다. 마치 부하에서 주부로 바뀐 것처럼.

"오우. 뭐지."

"이 집에서 사는 이상, 혼돈 님께서는 코바야시 집안의 규칙에 따라주셔야 합니다."

"응?"

"먼저 음식을 가리면 안 됩니다. 아무리【마신】님이라 해도 내놓은 요리는 전부 드십시오. 조금 전…… 당근을 남기셨더군요?"

"오, 오우. 미안하다."

"비가 내릴 때는 솔선해서 세탁물을 걷어 주십시오. 텔레비전 채널권은 기본적으로 날마다 돌아갑니다. 그리고 매달 용돈은 이천 엔입니다."

"아, 알았다……."

"욕실은 마지막에 쓴 사람이 욕조를 깨끗하게 청소할 것. 늦더위가 심하지만 되도록 냉방에 의지하지 말고 선풍기를 이용하세요. 그리고 외출할 때나 돌아올 때는 제대로 '다녀오겠습니다'와 '다녀왔습니다'를──."

혼돈이 곧바로 우리 집 어머니의 세례를 받고 있다. 조금 전까지 대범했던 태도가 미온보다 공손해졌다.

그런 백로 사도에게 킹코브라 사도와 에조늑대 사도도 편승한다.

"이 주리, 이치로 님과 금단의 행위를 하는 일이 있을지도 모릅니다. 그때는 보고도 못 본 척해주십시오."

"매주 토요일 밤에는 다 함께 괴수 놀이를 하기로 되어 이쭙니다. 혼돈 남작이라도 불참가는 인정할 수 업쭙니다."

어느새 무릎 꿇고 앉은 아저씨를 무시하고 나는 차를 호로록 마셨다.

──이러니저러니 또 한 번 친구 캐릭터에서 멀어지고 말았다. 이제 '단역입니다'라고 말하는 것이 말장난이라고

여겨질 정도다.

이대로 가면 나는 어떻게 될까……. 그런 걱정도 물론이 지만 나에게는 지금 무척 걱정되는 일이 있다. 상당히 위험시하고 있는 인물이 있다.

사실 그 사람은 궁기가 아니다. 쿠로가메 리나도 아니다. ──유키미야 시오리다.

'아오가사키 선배에 엘미라……. 이 두 사람의 소동에 휘말렸으면서 유키미야만은 아무 일도 일어나지 않는 행운이 있을 리가 없어. 이 이야기, 그런 부분만은 정확히 약속을 지키니까.'

그리고 그런 나의 걱정은──역시 적중했다.

정말로 유키미야는 히로인 삼대장의 마지막을 장식하기에 어울리는, 한층 귀찮은 메인 에피소드를 준비하고 있었다. 지금까지 눈에 띄지 않았던 것을 단숨에 만회하려는 듯이.

'축명의 무녀'는 그 정도로 엄청난 폭탄을 숨기고 있었다.

같은 시각.

자택의 개인실에서 유키미야 시오리는 침대에 누워 있었다.

아직 자기에는 이른 시간이지만 몸이 이상하게 무겁다. 현기증과 두통, 이명이 심해서 도저히 서 있을 수가 없었다.

류가와 동료들에게는 숨겨왔지만 이 증상은 며칠 전부

터 있었고…… 날마다 심해졌다.

'어떻게 된 걸까……. 의사 선생님은 '특별히 이상은 없다'고 하셨는데…….'

아무튼 물을 가져오라고 시키기 위해 집사인 세바스찬을 부르기로 했다.

시오리의 머리맡에는 세바스찬이 대기하는 옆방으로 직통하는 전화가 있었다. 아무리 급한 호출이라도 그가 오는데 10초 이상 걸린 적은 없다.

세바스찬 루니에. 국적은 프랑스. 전폭적인 신뢰를 둔 시오리의 전임 집사.

학교까지 데려다주고 바래다주는 것은 물론이고 가정교사에 일정 관리…… 함께 지낸 시간은 사업에 바쁜 부모보다 훨씬 길다. 시오리에게 세바스찬은 이미 가족이나 마찬가지인 존재였다.

"세, 세바스차……."

납덩이처럼 무거운 팔을 뻗어 수화기를 잡으려다가.

시오리의 의식은 뚝 끊겼다.

그래서 그녀는 알지 못했다.

자신의 온몸에서 시커먼 오라가 뿜어져 나오고 있다는 사실을. 그것이 조금씩 사람의 형태를 이루려던 사실을.

……십 초 뒤. 시오리의 방에 노크 소리가 들리고 세바스찬이 들어왔다.

큰 키에 고급 정장을 입은 올백에 콧수염을 기른 풍모의

초로 집사는——시오리의 이상한 상태에 당황하지도 않고
침대 옆까지 걸어와 조용히 한쪽 무릎을 꿇었다.

"……드디어 깨어나셨습니까. 【마신】도올 님."

검은 연기 같은 오라 속.

번쩍번쩍 빛나는 두 눈동자가 세바스찬을 바라보았다.
조금씩 유키미야 시오리와 분리하면서.

"원하시는 일이 있다면 뭐든 말씀하십시오. '나락의 팔걸'
중 한 사람이자 최강의 사도인 이 륙장(戮將) 루니에에게."

"루, 니에……."

그 이름을 【마신】이 되뇐다. 이미 오라는 방안 가득 만연
하고 나락처럼 깊은 암흑으로 실내를 가득 채웠다.

혼돈, 도철, 궁기—— 그리고 도올.

이리하여 모든 사흉이 현대에 부활했다.

후기

여러분, 잘 지내셨습니까. 다테 야스시입니다.

금번에 《친구 캐릭터는 큰일입니까? 4》를 선택해주셔서 진심으로 감사드립니다!

또한 "책은 4권밖에 안 읽어! 그럼 그렇고말고!"라는 분도……. 처음 뵙겠습니다, 다테 야스시입니다. 1권부터 읽으면 아마 더 즐길 수 있을 거예요! 그럼 그렇고말고!

이번 권은 코바야시 이치로와 엘미라, 그리고 아기 한 명에 의한 하트풀 스토리를 노렸습니다.

노렸지만 감동적인 작품과는 거리가 먼 마무리가 되었습니다. 인간, 자기 실력 이상의 일을 하는 것은 좋지 않습니다. 반성합니다.

그건 그렇고 아기는 귀엽죠. 자신에게도 그런 시절이 있었다니 믿기지 않는군요. 지금의 의식을 지닌 채 어떻게든 갓난아기로 돌아갈 수는 없을까요.

그런 소리를 하는 사이에 이 시리즈도 어느덧 벌써 4권. 이렇게 코바야시 이치로를 계속 쓸 수 있는 것도 먼저 읽어주신 여러분 덕분입니다.

그 감사의 마음을 잊지 않고 감동적인 작품도 요령 있게 쓸 수 있도록 앞으로도 정진하겠습니다.

그런데. 사실은 이번 지면을 빌려 고지할 이야기가 있습니다.

10대향 종합지 〈요미우리 중고생 신문〉에서 1월 하순부터 《친구 캐릭터는 큰일입니까?》의 스핀오프 연재가 시작됩니다!

이쪽은 본편 사이사이에 있는 코바야시 이치로의 일상을 그린 쇼트스토리입니다. 책으로 치면 한 화에 4쪽 정도이지만, 그쪽에서도 코바야시 이치로와 다른 캐릭터들이 와글와글하고 있으니 괜찮다면 꼭 봐주세요!

언제나 적확하게 도움을 주시는 담당님. 그리고 가가가 문고 편집부 여러분.

이번에도 역시 멋진 일러스트를 그려주신 베니오 님.

물론 출판에 관여하신 모든 여러분께도. 그리고 이 작품을 선택해주신 독자 여러분께도.

최대한의 감사를 담아 5권을 향해 힘내겠습니다.

앞으로도 잘 부탁드립니다!

다테 야스시

YUJIN CHARA WA TAIHEN DESUKA? Vol.4
by Yasushi DATE
©2016 Yasushi DATE Illustrated by BENIO
All rights reserved.
Original Japanese edition published by SHOGAKUKAN.
Korean translation rights in Korea arranged with SHOGAKUKAN
through Shinwon Agency Co.

친구 캐릭터는 어렵습니까? 4

2018년 10월 1일 1판 1쇄 발행
2020년 2월 1일 1판 2쇄 발행

저   자 다테 야스시
일 러 스 트 베니오
옮 긴 이 박시우
발 행 인 유재옥
본 부 장 조병권
담당편집자 조찬희
편 집 1 팀 김민지 이성호 정영길 조찬희
편 집 2 팀 김다솜 지미현
편 집 3 팀 김효연 박상섭 임미나
라이츠담당 김슬비 박선희
디 지 털 박지혜
발 행 처 ㈜소미미디어
인쇄제작처 코리아피엔피
등   록 제2015-000008호
주   소 서울시 마포구 토정로222, 403호 (신수동, 한국출판콘텐츠센터)
판   매 ㈜소미미디어
마 케 팅 한민지 한주원
전   화 편집부 (070)4164-3962, 3963 기획실 (02)567-3388
              판매 및 마케팅 (070)4165-6888, Fax (02)322-7665

ISBN 979-11-6190-825-0 04830
ISBN 979-11-6190-091-9 (세트)